毒の林檎を手にした男

# 毒《どく》の林檎《りんご》を手《て》にした男《おとこ》

秀《しゅう》 香《か》穂《お》里《り》

*ILLUSTRATION*：yoco

# 毒の林檎を手にした男

*LYNX ROMANCE*

*CONTENTS*

# 毒の林檎を手にした男

バランスが悪い。

そのことに気づいたとき、早川拓生《はやかわたくみ》はうっすらと眉間《みけん》に皺《しわ》を刻んでいた。

都内の名門私立男子校、選《え》りすぐりのアルファと一握りの裕福なベータだけが通う陽早《ようそう》高校の教員として、大学受験を控えた三年生の中でもトップクラスの成績を誇る生徒、二十五人だけを集めたアルティメット・クラスの担任に就いたのは、つい一か月前、五月のなかばの出来事だ。

三十二歳の早川が他校から赴任早々いきなり重大な立場を任されたのは、それまでのベテラン教師が体調を崩し、休職しなければいけない事態が起きたせいだ。

もちろん、早川の年齢ならば高校最後の一番大事な時期を過ごす生徒を率いていくことはままあった。

以前にいた公立高校でも三年生を受け持ったことは数度ある。

実直でいまどきめずらしいぐらいのひたむきさを買われて、知り合いづてに名のある陽早高校から声をかけてもらえたときはほんとうに嬉《うれ》しかった。自分のやってきたことが認められたのだと。

しかし、さすがにこの忙《せわ》しない引き継ぎには目を瞠《みは》った。

教育に対する熱心さを買われた証拠だと素直に喜びたいが、ずば抜けて優れた生徒たちそれぞれが希望する大学まで送り出してやらなければいけないのだと思ったら、いままでに感じたことのない責任感と重圧がのしかかってきた。

一般クラスよりも遥《はる》かに能力が高い生徒ばかりが集まるアルティメット・クラスは、一学年に一クラスずつある。

　毎年顔ぶれは激しく変わる。

　名門大学を目指すためのクラスという建前上、成績の上がり下がり具合のチェックが一般クラスよりも非常に厳しいため、一定基準に満たない者は容赦なく振り落とされる。

　三年通してアルティメットに居続けるのは並大抵の努力でできることではないのだ。

「……でも、問題あるな」

　一日の授業が終わった教員室の自席で、生徒たちの過去二年間にわたる全教科の成績をグラフ化したデータを見ていると、アルティメット・クラスに三年間続けて選ばれた中臣修哉《なかおみしゅうや》という生徒がひとり飛び抜けているのがすぐにわかる。

　他の生徒同様、どの教科もひととおり高得点をキープしているが、たまに驚くほどがくんと成績を落とす時期がある。

　そうかと思えば、他の生徒たちが抜き打ちの特別強化テストに苦心惨憺《さんたん》している時期に、中臣だけが満点を取り続けている時期がある。

　性格にむらがあるのか。それとも、調子が悪い時期があるのか？

　早川がため息をつく理由はそれだけではない。

　アルティメット三年の担任、かつ現代国語の教師でもある早川の出す小テストで、中臣は立て続けに白紙提出しているのだ。

過去の成績グラフを見るかぎりでは、中臣がもっとも得意とする教科は現国だというのに、白紙で出してくる意味がわからない。

アルティメットでの抜き打ちテストは頻々にある。

早川も途中引き継ぎという立場であることを生徒たちに舐《な》められないために、着任からすでに四回、抜き打ちテストを行っている。

そのどれもに、中臣は自分の名前しか書かず、回答欄はまったく手つかずだ。

最初はただ単に不調なのかと思ったが、二回、三回と続けて白紙で出されることに顔を顰《しか》め、今日の四回目で決定打となった。

あきらかに、中臣は挑発しているのだ。

授業がおもしろくないのか、早川自身が気に入らないのか。

ため息をついていても始まらない。中臣に直接問いただしてみるべきかと考えているところへ、「早川先生、どうしました？」と声がかかった。

二年生のアルティメット・クラスを担当している男性教師の幾原《いくはら》だ。

早川より四歳上の幾原は、ここ三年続けて各学年のアルティメット・クラスを担当し、いまは二年生を受け持っている。

彼ならば、経験の浅い自分より中臣のことを詳しく知っているかもしれない。

「中臣修哉のことでちょっとお聞きしたいんですが……、彼、現国が苦手だったという過去はありますか？」

「いや、あいつにかぎってそれはないでしょう。過去データにも現国が得意だって入ってるでしょ？　そもそも、中臣が苦手な教科ってないと思うけどね。どの教科でも軒並みハイレベルで、アルティメットでも手に負えないよ。あんな出来のいい奴、見たことがない」

苦笑する幾原は、「でもね」とため息を漏《も》らす。

「たまに気まぐれを起こして、授業を堂々サボるんですよ。正直な話、性格も態度もいいほうじゃない。だいたい、アルティメットで三年間も過ごす生徒っていうのは頭がよすぎて扱いづらいのが特徴的かな。中臣は、その典型的タイプですね」

「そうですか。もう少し、気をつけて見るようにしてみます」

「んー、まあ……中臣に関しては、あまり深く突っ込まないほうがいいと思うけど」

「どういう意味ですか」

生徒を教え導く立場として論外な言葉に眉《まゆ》をひそめると、相手も気まずそうな顔だ。一層、声を落とした。

「早川先生、最近来たばかりだからあまり知らなかったっけ。……中臣の父親、国立大の教授なんですよ。人脈も広いし、ゆくゆくは学長にすら昇り詰めるんじゃないかって噂《うわさ》されているほどの人物で、うちの学校にも相当額の援助金を出してくれているんですよ」

「だから、面倒沙汰《めんどうざた》を起こすなってことですか？」

「かいつまんで言えば、そう。中臣の父親の感情を逆撫《さかな》でしないでほしいというのが、うちの学校の本音」

嫌な展開に、本気でため息をつきたくなった。

中臣の父親が教授として勤務する大学を聞いてみれば数ある国立大学の中でも屈指の名門校だ。そこを目指す生徒は、早川の受け持つアルティメット・クラスにも多い。

中臣自身の成績がいいとはいえ、学校自体が援助金を受けている立場では、なにかとやりにくい。

どんなバックボーンがあろうと、生徒のひとりだけを特別扱いし、腫《は》れ物に触るような教育は、早川の方針とは大きく異なる。

「ほどほどにやっておいたほうがいいよ。早川先生にとってもアルティメット担当はうちに来て初めての経験なんだし、中臣のことだけに囚《とら》われるのはよくない。落ち着いて、クラス全体を眺めるようにしないと」

「ご忠告、ありがとうございます。でも、一度、中臣とは直接話し合ってみます」

「騒ぎにならないようにね」

先輩教師に釘《くぎ》を刺され、頷《うなず》くしかなかった。

彼の言うとおり、育てるべき生徒は中臣だけじゃない。だからといって、彼の素行に変にびくついたりしたくもない。

いつ話そうか。できれば早いほうがいい。

こういうのは時間を置いても意味がないのだし。三年生には時間がない。

教員室を出ると、夏の始まりを思わせるような明るい陽射《ひざ》しが廊下を満たしていた。放課後の校内は閑散としていて、遠いグラウンドから運動部の歓声やヤジが聞こえてくるぐらいだ。進学校でも一応部活動はあり、日頃教室に閉じ籠《こ》もっている憂さを晴らすかのように、放課後は思ったより賑《にぎ》やかだ。

最後の授業が終わってからもう一時間以上過ぎているから、部活に入っていない生徒は帰った頃だろう。

そう思いながらも早川は自分の教室をのぞき、驚いた。

窓際の列の真ん中あたりの席で、誰かが寝ている。その席に座る生徒には思い当たりがありすぎて困る。

「――中臣？」

ふわりと風で揺れる白いカーテンの陰で、中臣が腕枕《まくら》をして眠り込んでいた。近づいても起きる気配がない。熟睡しているようだ。

「中臣、……中臣修哉、起きなさい。もう帰る時間だろ、起きなさい」

「……ん……」

自分より十五歳も下とは思えない逞《たくま》しい肩を揺さぶると、眠たそうな呻《うめ》きとともに中臣がゆっくりと瞼《まぶた》を擦《こす》りながら顔を上げた。

白いシャツとストライプ柄のネクタイは学校指定のものだが、その目元の鋭さ、全身から発する独特の威圧感はとても未成年とは思えず、目が合った瞬間、たじろいだ。

彼は、まごうことなきトップクラスのアルファだ。才能豊かな父を持ち、全問未解答でテストを投げ出すほどの度量に恵まれている。

細身で、地味ながらもよく見ると端整な顔立ちをしていると周囲から褒められているのかからかわれているのかわからない早川としては、中臣のような精悍《せいかん》なタイプは生徒といえど少々苦手だ。

初めてこの教室で生徒たちと顔を合わせたとき、中臣だけが異質な空気をまとっていたことを思い出した。

百八十センチを軽く超える引き締まった体軀《たいく》に高い知性を持った中臣は、静謐《せいひつ》さと獰猛《どうもう》さを持ち合わせた獣といったところで、誰からの言葉も必要とせず、クラスメイトとも距離を置いているように見える。

――昔、中臣と似た雰囲気を持った奴がいた。俺は嫌いじゃなかった。親友だとも思っていた。でも、あいつは違った。

さっと脳裏を横切る仄《ほの》暗い記憶を無理やりかき消す早川を見上げ、中臣はのんきにあくびを嚙《か》み殺している。

「……早川先生？　どうしたんですか」

「どうしたって、それはこっちの台詞《せりふ》だ。授業はもう終わっただろ。帰りなさい」

「いいじゃないですか、べつに。教室でちょっと寝るぐらい。迷惑かけてないでしょう」

そう言っている間にも、中臣はまた腕枕に顔を突っ伏してしまう。

それで慌てるのは早川だ。

もう一度、中臣の肩を摑《つか》んで揺さぶった。同じ男でずっと年下なのに、中臣のほうがよほど鍛えた身体《からだ》をしている。

摑んだ肩はしなやかな筋肉が張り巡らされ、体温も自分より若干高めかもしれない。

そんなことをぼんやりと意識しながら、「起きろ、中臣。ここで寝ちゃだめだ。家に帰らないと」と言い続けた。中臣がうるさそうに再び瞼を開く。

「おまえ、とくに部活動はしてないんだろ。用がないなら帰りなさい」

「……わかりましたよ。帰ればいいんでしょう、帰れば」

あーあ、と大きく伸びをする長身の中臣が立ち上がり、椅子《いす》の背にかけてあったジャケットを羽織り、かったるそうに鞄《かばん》をぶら下げて出ていく。

「早川先生、じゃあまた明日」

「気をつけて帰りなさい」

「はい、先生も」

教室を出る際、中臣は横顔だけ見せてちらっと笑った。鋭い犬歯が見える笑い方に不穏なものを感じて、背筋がぞくりと震えた。

時間をかけてやっとふさいだ傷口から再び血が滲《にじ》み出すような痛みを感じさせるような、ひとを不安にさせる笑い方だ。

その衝撃のせいだろうか。そういえば小テストについて聞くのを忘れたと思い出したときにはとっくに中臣の姿は消えていて、早川にじくじくとした熱を植え付けていっただけだった。

熱とは。

——熱とは誰にも言えない血のこと。この身体に流れる淫蕩《いんとう》な血のこと。

それをひた隠しにして早川はいまの地位を築き上げた。重大な秘密を誰にも暴かれぬように細心の注意を払って。

早川は嘘《うそ》をついていた。

早川はこれまでの人生の大半、アルファの仮面を必死にかぶり続けてきた真性のオメガだ。


早川が身分を隠さなければいけないのには、理由があった。

この世界は、大きく分けて三層に進化していた。

アルファ、ベータ、オメガと呼ばれるひとびとが存在していた。

ピラミッドの頂点に立つのは、アルファの男女。

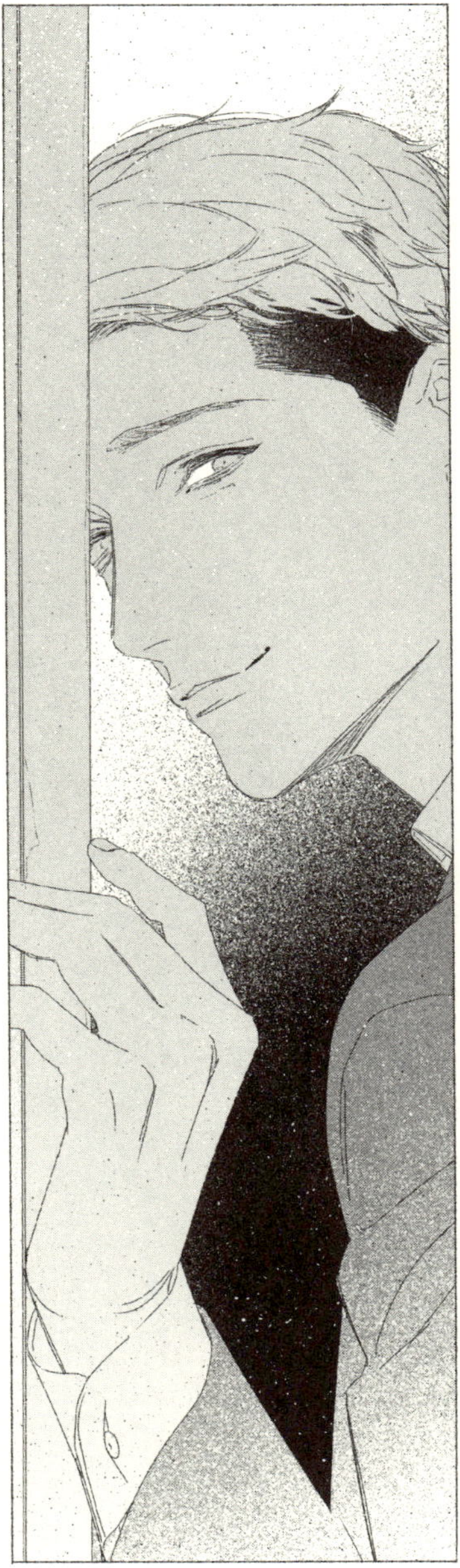

彼らは生まれ落ちたときから神に愛され、優れた容姿とずば抜けた才能でありとあらゆる場面で抜きん出ており、自然とひとびとのトップに立つ人物が多くなった。

政財界、芸能界、スポーツ界で名のある者はほとんどがアルファだ。

華やかなオーラで多くのひとを魅了するアルファはその個体数がとても少ないためにますます崇《あが》められる存在で、純血種を守るための独自のコミュニティを作る者もいるぐらいだ。

次に、ベータ。

ピラミッドの真ん中を占めるひとびとで、平凡ながらも穏やかな人柄なので、周囲に馴染《なじ》みやすく、朗らかだ。

容姿、頭脳も並なのだが、それがかえって彼らのしあわせを固く約束しているのか、ベータはベータ同士で結婚し、子どもを作ることがほとんどだ。高望みをせず、与えられた運命をきちんと受け止めていく血筋なのだろう。

そして、最下層のオメガ。

彼らはひとの形として生を受けながらも、獣同然の扱いを強いられてきた。オメガ性を持った男女はともに子宮を持ち、子どもを宿すことができる。

そのうえ、個人差はあれどおよそ三か月ごとに発情期と呼ばれる現象に襲われ、周囲を惑わせて欲情させるフェロモンを発する。

強烈な香りは劇薬の抑制剤、もしくは微弱なパルスが流れる抑制ベルトを首にはめて押さえつける方法しかなかった。

さらには、オメガはアルファよりももっと数が少ないうえに、陰のある美しさを兼ね備えていた。男女問わずに強い色香を放ち、一目見たらけっして忘れられない目つきを向けられる。

その切れ長の瞳《ひとみ》、通った鼻筋、薄く形のいいくちびる。

まるで作り物のように綺麗《きれい》なのに、彼らはセックスの衝動をどうしようもなくかき立てる存在なのだ。

露骨な誘惑にはアルファもベータも逆らえない。

だから、昔からオメガをめぐる性犯罪が頻繁に起きていた。あまりにむごくて警察、マスコミでも伏せるしかなかった事件もあったぐらいだ。

オメガだとわかった瞬間に本人は身を地下に隠すほどの存在。その一方で、この酷な社会で生きていくうえでは身元を偽ったり、あえて力のあるアルファに媚《こ》びたりして後ろ盾を持つしかないのだ。

早川もそういったオメガのひとりだった。

アルファの父親とオメガの母親の間に生まれ、早川はオメガである母親の血を強く受け継いだ。しかし、それを許さなかったのが父親だ。

アルファであり、また貿易業を営む立場である父親は早川を恥と断じ、幼い頃から徹底してアルファの仮面をかぶせてきた。

いまの時代、オメガと判定されるのは思春期が始まる十歳前後から五年にわたって行われる全国民による血液検査によってだ。

ベータが一番揺らぎが少なく、そのまま健やかに一生を過ごすことが多い。

アルファ同士の両親から生まれた子どもなら、間違いなくアルファだ。

だが、稀《まれ》にアルファとオメガという関係から生まれる子どもは、なぜかオメガになる確率が高かった。

未《いま》だオメガの発情期については未知数の部分もあって、医療機関では日夜研究が進められている。

個体数が少ないため、オメガと認定された者はＩＤが振られた首輪とカードを持ち、息苦しい毎日を過ごすことになり、そのままいったん社会から切り離され、学校も併設された特殊施設にて成人までの日々を送る。

そこで、オメガとはなにか、とくにオメガ男子の子宮の在り方や生理、また妊娠の可能性についても学ぶ。

抑制剤も欠かさず飲むことを義務づけられ、発情期をできるだけ穏便にすませるためにも自慰を学ぶという、一般人から見たら異常とも言える教育機関が国によって密かに設けられていた。この、「密かに」と言うのが重要だ。

ベータもアルファも、オメガの施設が都心から離れた郊外にあることは知っている。

だが、そこでマスターベーションの仕方を教わったり、ときには性交まで学ばされるケースがあることまでは表に出回っていない。

もちろん倫理に反するからだ。

マスターベーションは研究員によって教えられるのだが、セックスはというと、発情で暴走したオメガ同士で交わってしまうこともあるし、濃密なフェロモンに負けて研究員がオメガを襲ったりしてしまうこともある。

無論、すべては闇《やみ》に葬り去られ、表向きには、「オメガの健全なる社会復帰に向けて」と言う看板を掲げていた。

早川は財力のある父親の強い意向でオメガの本性をひた隠しにせねばならず、極秘ルートで入手した抑制剤をかかりつけの医師に処方されて、施設には入らず、自宅で育ってきた。

初めての発情期は十一歳。

心臓が爆発しそうなほどの衝動に駆られた早川に両親は真っ青になり、秘密裏《り》に医者に往診してもらい、なんとか薬で押さえ込んだ。

年を経るにつれて、しだいに自分で処理することも覚えたが、未だに誰とも経験していない。

つまり、他人と肌を重ねたことがないのだ。三十二歳の男性として、これはどうなのだろうと思うのだが、いまさらアルファの仮面を外す勇気もない。

そんなことをしてしまえば、教職も追われることになるだろう。

ぶるっと身を震わせ、早川は昼休み中、ジャケットの内側で振動するスマホに気づいて取り出す。

メールを着信したようだ。

恋人の橘《たちばな》玲子《れいこ》からだ。大学時代からのつき合いがある彼女も、いまは都内の名門女子高校の教師だ。互いに仕事が忙しくなり、学生の頃と比べると、ふたりでゆっくり会う機会はがくんと減ってしまった。男勝りの玲子ともキス止まりだ。

彼女はもっと大人の関係に進みたいようなのだが、早川がなんとか押しとどめている。万が一ヒートに当たってしまったら、彼女が泣いて赦《ゆる》しを請うても組み敷いてしまう恐れがあるからだ。そんな獣性を自分の中に見たくない。

『今夜、久しぶりにいつものところで食事しない？』

短くて素っ気ない文面が、勝ち気でさばさばしている玲子らしい。

そんな彼女がここ数か月、結婚したい意思をほのめかしていることに早川も薄々気づいていた。

彼女はベータだが裕福な家庭の出で、アルファと見まごうひともいるぐらいだ。

学校ではその豊かな知識を遺憾なく発揮し、日本史を担当している。

まっすぐな黒髪と意志の強そうな瞳。オメガなのにアルファとして偽って生きてきた早川を一目で気に入り、彼女のほうから告白してきて始まった仲だった。

三十二歳で結婚したいと思うのは、とくべつおかしなことではないと思う。

ただ、会うたびに玲子が現状に不満そうな様子を見せ、教職を捨て、結婚へと持ち込もうとすることにかすかな違和感を抱いていた。

たぶん、もう教職への好奇心と情熱が薄れているのだろうと早川は考えていた。

なんの不自由もなく暮らしてきた女性だから、自分も早いところ安全な場所に入りたいのかもしれない。

――玲子が嫌いなわけじゃない。でも、俺自身の気持ちがまだ固まっていない。

潔く結婚に踏み切れないのは、陽早高校のアルティメット・クラスの担任になったばかりだから、という理由もある。

いまは、まだ仕事に打ち込みたい。

結婚するとしてももう少し――三十五歳を過ぎた頃にと思っているが、押しの強い玲子のことだ。薄ぼんやりしたことでも言おうものなら、『じゃあ、三十五になったら絶対に結婚する？』とでも言い出しかねないから、情けないと己を戒めながらも確たる言葉を口にできないままだ。

とりあえず、夕食を一緒にすることにはオーケーの返事を出した。顔を合わせたら、まず互いの近況をひとわたり話す。

どういう生徒がいて、どういう問題が起きているか。

同僚や先輩教師たちとはうまくいっているか。その先に待っているだろうふたりの未来の話題については、いまは深く考えるまい。

燻《くすぶ》った想《おも》いを抱えながら、早川は午後の授業に戻った。

玲子との約束が頭から吹っ飛んだのは、アルティメット・クラスの六時限目、現国で小テストを回収したときだった。

「うしろからテストを回して」

授業終了五分前に早川が告げると、縦に四列に並ぶ生徒のうしろから順々にテスト用紙が重ねられ、先頭に座る生徒がそれぞれ手渡してきた。

「それじゃ、今日はこれで終了します。起立、礼」

早川の声に、生徒たちがいっせいに頭を下げ、急ぎ足で教室を出ていく。

このあと、皆、それぞれに塾へと向かうのだ。

統制の取れた緊迫感は、他のクラスとはあきらかに違う。どの生徒も、休み時間も昼の休憩時も参考書を手放さない。

年齢にそぐわない礼儀正しさを持ち、いまよりもっと高みを目指すことだけに没頭している生徒たちを見ていると、教師でありながらも、ときどき不安になる。

——いい大学に入って、いい会社に入って、その先、どんな人生を送るか、夢見ることはあるんだろうか？　いまはまだ、みんなが同じ枠の中にいる。四角い教室の中で、四角い机に行儀良く座り、四角いノートと教科書を前にして激しく競り合っている。だけど、一歩社会に出たら、四角い枠はなくなる。闘い方もいまとはまるで変わってしまうことを、彼らは知っているんだろうか？　そんなものはとっくに超越しているんだろうか？　俺とは違って正真正銘のアルファだから？　もし闘いに負けても次の闘いで勝てると確信があるから？

次々に帰っていく生徒たちを見送りながら、手元のテスト用紙をぱらぱらとめくった。

帰り支度を調えた中臣が教壇の前を通り過ぎるのと、彼の出した白紙のテスト用紙を早川が目にしたのは、ほぼ同時だった。

「中臣修哉、待ちなさい」

自分でも思いがけず、鋭い声が出た。

「なんですか、先生」

ぴたりと足を止めて振り返った中臣は薄笑いを浮かべている。その表情に、――白紙提出は覚悟のうえでやっていることだと瞬時に理解し、頭が沸騰しそうだった。

「きみに話がある。指導室に来なさい」

「はい、わかりました」

気味が悪いほどに中臣は素直に頷き、指導室までついてきた。

教員室と隣り合う指導室は、生徒本人や、その親と込み入った話をする際に使う場所だ。

普段の素行を諌《いさ》めたり、進路問題を話し合ったりするのに、教室や教員室では、他人の目や耳が気になる。

そういった面を配慮した早川の学校には、ソファとテーブルを用意した個室がいくつかある。

そのひとつに中臣を招き入れ、向かい合わせに座った。

五月といえど、熱が籠もる日だ。

いったん席をはずして校内の自動販売機で冷えたミネラルウォーターを二本買い、指導室に戻り、

「ほら」と早くも水滴を垂らしているボトルを中臣に渡した。

クーラーをつけ、名前しか書かれていないテスト用紙を向かいの彼にも見えるように押し出したとき、日頃から平静を心がけている自分としたことが、少しばかり感情を露《あら》わにしていたかもしれない。

その昔、深く心を抉《えぐ》った男と、中臣をオーバーラップさせても意味がない。

どの生徒も成績や性格に関係なく、平等に扱う。

アルティメット・クラスの担任になったとき、自分にそう課した。だが、その決意も中臣の前ではわずかに揺らぐ。

――テストを白紙で出しているのに、どうしてこんなに泰然としていられるんだ？

「中臣、自分が呼ばれた理由がわかってるか」

「いいえ、なんですか」

「しらばっくれるな。どうして白紙なんだ。ここ毎回、現国のテストにかぎって名前しか書かないのはどうしてなんだ？」

「わかっていることをいちいち書くのが面倒だからです」

「……なんだって？」

「答えが易《やさ》しすぎて書くのが面倒だから、名前しか書きませんでした」

ミネラルウォーターを旨《うま》そうに飲む生徒の、生意気にも程がある言葉に、つかの間啞然《あぜん》とした。中臣が白紙提出してきたテストは、どれも普通の高校三年生にとっては難度が高すぎるものだと、設問をこしらえた早川自身がよくわかっている。

しかし、中臣たちは、けっして「普通」ではない。

より高い知能を持ち、難関中の難関と言われる大学を目指すためのクラスに在籍している、とびきりのアルファで、すなわち選りすぐりのエリートたちだ。

その特権階級にいるひとりに真っ向から刃向かわれ、説教することもしばし忘れた。

教壇に立ってちょうど十年目だが、教育実習期間も含めて、さまざまな生徒を見てきたつもりだ。

おとなしい者、やさしい者、虚勢を張る者、強い者、臆病《おくびょう》な者。

生徒が百人いれば百通りの性格があると思うが、いま、自分の前で微笑《ほほえ》んでいる中臣のような肝の据わったタイプへの対処法は学んでいない。

「中臣は、今回も前回も、その前のテストも……簡単すぎたから白紙で提出したというのか」

「そうです。いけませんか？　あんな簡単な問題に答えている時間がもったいないと思ったので。でも、早川先生がたぶん一生懸命に作ったテストだから、名前だけは書いてあげて、あとは寝てました」

堂々たる態度を通り越して、ふてぶてしいまでの微笑に奥歯をぐっと噛み締めた。

うろたえるな、早まるな。

この年頃の生徒が教師をからかうのはよくあることだ。

社会から、正式な大人として認めてもらえる一歩前にいる中臣たちの年頃が一番扱いづらい。

身体も知能も著しい発達を遂げているのに経験と年齢が足りず、一人前の大人として認められないことに悶々《もんもん》とした日々を送った時期が、早川にもある。

とはいえ、中臣はアルファだし、父親は有名大学の教授だ。

クラスの中でも折り紙付きの才能の持ち主なのだから、彼が鬱々《うつうつ》とひとりなにかに悩んでいるという場面が想像しづらい。

この堂々たる態度、まさか飲酒や喫煙にまで手を染めているんじゃないかと危ぶむぐらいだ。制服から私服に着替えたら、とっくに成人した大人に見えそうなほどだし。

――いやでも、きっと中臣にだって悩みのひとつやふたつはあるだろう。彼ぐらいの年頃は、些細《ささい》なことに苛《いら》つく。それがなんなのか知ることができたら、助けてやりたい。

偽善で言っているのではない。

教師になろうと決めたときからずっと、生徒と同じ目線に立つことを忘れないようにしようと思っていたのだ。

「中臣は、現国以外の教科ではほぼ満点を取ってるよな。どうして現国だけが駄目なんだ？　簡単すぎるからか？」

「それも、理由のひとつだけど」

「だけど、……なんだ」

意味深な視線を訝《いぶか》しく思って聞き返しても、中臣は笑うだけで答えない。

からかわれている、あしらわれているとわかっても、感情に任せて怒るのだけは避けたい。

数分話しただけでも、中臣が相当手強い相手だということは肌身で感じ取っていた。同じ歳《とし》の生徒でも、他の子はもっと扱いやすい。意地を張っていても、こっちがちゃんと話を聞く姿勢を見せれば、素直に応じてくれるけれど、中臣はそうじゃない。

中臣の本音を聞き出すために、彼の心のどこに斧《おの》を食い込ませればいいのか、しばし迷った。

壁にかかった時計がゆっくりと時を刻んでいく音だけが虚《むな》しく響く。

長い足を鷹揚《おうよう》に組んだ中臣はソファにふんぞり返り、半分ほど飲み干したペットボトルを揺らしている。

このままではらちが明かない。別方向から攻めてみようと、早川は手元に視線を落としたまま訊《き》いた。

「中臣のお父さんは大学教授だと聞いた。お父さんから教えを請うことはないのか？」

「……ないね」

いまのひと言が癇《かん》に障ったらしい。あからさまに気を悪くした中臣は無表情で水を二口ほど飲んだ後、にやにやと笑い出した。

「先生、俺ね、一番得意な科目は現国なんですよ。過去データをご覧になっていただければわかると思いますが、一年から三年までずっとアルティメットにいて、俺は間違いなくトップグループに入っています。真面目《まじめ》にやれば、一位をキープし続けることもできます」

「おまえ、本気で言ってるのか？」

度を超した言葉に瞠目《どうもく》するしかなかった。

アルティメット・クラスの生徒はたいていが自信過剰な傾向にあるが、中臣のそれはまったくもって異質だ。

「本気で言ってますよ。俺のことは俺自身が一番よくわかってる。俺はいわゆる天才で、ある種のフリークですよ、先生。俺をうまく操れば、この学校の過去記録を塗り替えるぐらいの成績を出すこともできます。ひいては、それが先生の功績にもなるでしょう。早川先生、俺にいい成績を取らせたいですか？」

——いわゆる天才で、ある種のフリーク。

不穏な言葉の意味を聞き返す前に、中臣がおもむろに動いて早川の隣に腰掛け、おもしろそうな顔で下からのぞき込んでくる。

「俺を上手に操ってみますか、先生？」

「中臣？」

危ういほどに近づく生徒から本能的に逃げようとした。

胸元を摑み上げられ、殴られるかと思ったのだ。頬《ほお》を張られるとか。

アルファとはいえ、アルティメット・クラスでストレスの溜《た》まり方は半端ではないだろう。その鬱憤を早川相手に晴らそうとするのか。

「待て、中臣。話し合おう、話せば——」

わかり合えるはずだ、と詭弁《きべん》を口にしようとした瞬間、ほんの一瞬で両手首をぎっちりと捕らえられ、中臣が引き抜いたネクタイによって頭上で縛り上げられた。

「中臣！」

あっという間の出来事に仰天するしかない。

吐息がかかるほどの距離で中臣が笑っている。凶悪な微笑みに見入り、瞬《まばた》きするのもためらう。瞼を閉じた瞬間に嚙みつかれそうだ。

「なに、……なにするんだ、中臣……」

「先生と、やらしいことしようかなと思って」

「――は？」

淫猥《いんわい》に身体を擦りつけてくる中臣の気の狂ったような言葉に、頭の中が真っ白になった。なにをどう言えばいいか、わからない。

自分よりも一回り大きな体格をしている中臣は慣れた様子で床に早川を引き倒して、ワイシャツの裾《すそ》を引っ張り出し、スラックスの前をゆるめてくる。

ジリッと金属が嚙む音を耳にし、それまで虚脱状態に陥っていた早川は猛然と抗《あらが》った。両足を蹴《け》り出し、なんとか大柄の男を跳ね返そうとするのだが、相手は倍以上の力で押さえ込んでくる。

「やめろ、ばかな真似《まね》はよせ！　中臣、いますぐどけ！」

「しー……、大声出さないで。隣の教員室まで響きますよ」

悪戯《いたずら》っぽく目を細めて笑う男の首を絞めてやれるならいっそ、と思うほどの怒りを感じたが、逞しい身体を押しつけてくる中臣の熱に意識が焼き切れそうだ。

一方的な辱めを甘んじて受けるつもりはない。

そもそも自分は隠れオメガなのだ。

用心のために学校では首輪をはめていないが、代わりに強力な抑制剤を飲んでいる。

……そういえば、今日分の薬をまだ飲んでいなかった。

いつも昼休みの食後に飲むのだが、隣の机の同僚に話しかけられ、薬が入ったケースを取り出すのをためらったのだ。

『風邪でも引いてるんですか？』という世間話から始まって、薬の内容を聞き出されたらたまらない。あとで飲もう、タイミングを見計らって、と考えていたのに。まさか、こんな最悪のケースで身体に触れられるとは思っていなかった。

暴走する本能は理性を叩《たた》き壊して、あらん限りの欲情で早川をくるんでいくようだった。

それでも力一杯両脚を繰り出すと、一発が中臣のみぞおちに入り、軽く咳《せ》き込ませることに成功した。

「早くこれを解《ほど》け！　冗談はやめろ！」

「冗談？　……へえ、先生にはこれが冗談に思えるんだ。それじゃ、もっと本気を出しましょうか」

今度こそ身動きできないように四肢をきつく絡み付けた中臣が、下着越しに軽く何度も引っかいてくる。

早川の意思に反して、性器の形が少しずつ浮き上がってくるのを楽しんでいるらしい。

男に、しかも生徒相手に触れられることは屈辱と恐怖でしかない。

壁一枚向こうには、見知った同僚や先輩教師たちがいる。

身体をまさぐられて竦《すく》んでしまう。

感じるはずがないのに、——いま、なぜここで、と早川は熱く煮えたぎる意識の片隅で思う。オメガには三か月ごとの発情期の他に、ショートの発情期の二種がある。

前者は症状が重ければ一週間ほど自宅に引き籠もって荒れ狂うような時間の中で必死に自慰をするか、誰彼構わず性交するかしてやり過ごさなければいけないほどの衝動だ。

後者のショートは、数時間で収まるものの、たちの悪い風邪のように一気に熱が上がり、身体の中に溜まった性欲を発散しないかぎりどうにもならない。

それが、いまなのか。生徒の中臣によってショートを引き起こされているというのか。

信じたくなくて早川はぎゅっと瞼を閉じる。薬を飲んでおけばよかった、薬を飲んでさえいればこんなことには——己を呪《のろ》っても、遅い。

——とにかく、少しでも反応を遅くしなければ。

「……やめ……っ……！」

中臣の指が下着の脇《わき》から入り込み、しだいに硬くなっていくペニスの根元を弄《いじ》り回す。

まさか早川がほんとうはオメガだということに気づいているわけではないだろうけれど、確実に情欲をかき立てる指先が恐ろしくなってくる。

初めて感じる、中臣の指。

恋人の玲子にだって触らせたことがないのに。

「先生のってこういう形してるんだ。ね、男との経験、ありますか？」

「あ……あるわけ、ないだろ……っ」

薄い草叢《くさむら》をかき分けられ、くすぐったさの中にとろりと濃い蜜《みつ》のような快感が混ざり込んでいることを早川自身が気づいていた。

だから、反論する声が掠《かす》れた。

「やめろ、やめてくれ、頼むから……！」

必死にもがき、混乱するあまり懇願することもしてみたが、覆い被《かぶ》さってくる男は楽しげに笑うだけで、早川の抗いを封じ、素早く、確実に快感を剝《む》き出しにしていく。

「……ぁ……っ」

下着をずり下ろされ、ぶるっと跳ね出る性器に中臣の指が巻き付いた瞬間、異常な状況で感じさせられる自分の非力さに、泣きそうな声を上げてしまった。

混乱と動揺が入り混ざって、強烈なショートの発情を呼び起こす。

ばくん、と心臓が爆《は》ぜそうなほどの衝動に早川の視界はしだいに滲んでいく。

じつは過去、これと似たような状況に陥ったことがある。

あのとき刻み込まれた恐ろしさを必死に忘れようとしてきたのに、中臣という生徒のせいでせっかく張りめぐらせたバリアも粉々に砕けてしまいそうだ。

勃《た》ちきったペニスを扱《しご》く中臣の愛撫《あいぶ》は巧みで、ひくつく先端の割れ目を指で押し開き、とろっとした滴がこぼれ出すまで敏感な粘膜を親指の腹で擦り続ける。

「あ——……っ」

敏感なくびれをきつく締めつけられるのが悦《よ》すぎて身体をのけぞらせると、中臣が首筋に噛みついてきた。手淫しかしたことがない性器はあまり使い込まれていないせいか、ほんのりと色づいているのが逆に大人の性器としていやらしい。

そのことに中臣も夢中になっているようで、まじまじと見つめ、舌舐めずりしている。

「先生、やーらしいんだ……」

——どうして俺が中臣に組み敷かれなきゃいけないんだ？　どうして？　どうして俺なんだ？　オメガだとバレているのか？　おまえは気づいているのか？　このフェロモンを嗅《か》ぎつけているのか？

本格的な発情期なら濃いフェロモンを垂れ流しにしてしまい、不用意にひとびとを惹《ひ》き付けてしまうのだが、ショートの場合はうっすらとした体香に近い、とかかりつけの医師にも説明されていた。

だから、早川は制汗剤を欠かさない。無臭のデオドラント剤を首筋や脇の下に吹き付け、邪魔にならない程度に柑橘《かんきつ》系のコロンを手首に擦り込むようにしていた。

日頃、多感な男子生徒たちと交わるのだ。

清潔さは心掛けておきたいのだが、いまそのコロンはどこかに隠れ、身体中から薄く官能的な甘い香りがゆらりと立ち上る錯覚に陥る。

「先生、いい身体してますね。俺が想像していた以上に感度抜群」

「ばか、……言うな……！」

感じているのは、けっして自分の意思ではない。

ないけれど、溢《あふ》れ出す先走りで、くちゅっ、じゅくっ、と音を立てて扱かれながらの反論では説得力もゼロだ。

涙が滲む視界に、窓から入る午後の眩《まぶ》しい陽射しを受けて笑う中臣が映る。

悪い夢を見ているのだと思いたい。

受け持ちの生徒に犯されるなんて、たちの悪い冗談だ。

「……ぅ……く……っ」

中臣がぐっと胸を押しつけてくるせいで、息が苦しい。呼吸がろくにできないぶん、ねじれた快感が身体の深いところまで根付くようだった。

「先生だけ感じるのはずるいですよね。ねえ、先生、俺のもしゃぶってください」

「な……っ！」

とんでもない言葉に中臣を突き飛ばそうとしたとたん、性器を握り締められ、苦痛に呻いた。

中臣に身体を引き起こされ、早川は無理やり床に跪《ひざまず》かされた。

しかも、大きく割った彼の両脚の間に。縛られた両手は背後に回され、どうやっても抗うことができない。

シャツの裾をまくり上げた中臣が自分のものをことさら見せつけるように下着を押し下げる。

ぬらぬらと淫《みだ》らに濡《ぬ》れる亀頭《きとう》が大きく張り出し、真っ赤に充血しているのを間近にして、動揺と吐き気がない交ぜになって襲ってくる。

明るい部屋でみずから脱ぎ、同性の教師に口淫を要求する男の神経はいったいどうなっているのだろう。

「しゃぶって。男には慣れてないんでしょう。歯を立てないでくださいね」

「……ん……っ……ぅ……」

濃いとろみを垂らす肉棒をぐっと食いしばったくちびるの表面に擦りつけられて、半狂乱になって頭を振った。

瀬戸際の反抗が、よけいに中臣をおもしろがらせるらしい。

ぐっと頭を押さえ込んできて、凄味《すごみ》を利かせた声で囁《ささや》いてきた。

「早く咥《くわ》えろよ。犯られてるとこ、他の奴らに見られたい？　先生が望むなら、ここで俺が大声を上げてそうしてもいいけど。ただし、その場合は立場を逆転させて、俺が先生に無理やり触られたってことにしてやる。男同士でも未成年への淫行罪は通用するからね」

「……っく……っ！」

悔し涙を飲み込み、心を殺して、早川は怖々《おずおず》と口を開いた。いまここで中臣に逆らったら、なにもかも失ってしまうはずだ。

――信用も、仕事も、未来もなにもかも。

わななくくちびるに、熱い肉棒が強引に押し挿《い》ってきた。

「ん、っ……ぐ、ぅっ……っ」

初めての弾力。初めての匂《にお》い、味。一気に頭の中を淫らなものでシェイクされるような感じに叫びたくなってくる。

中臣のものは大きくて太く、一度には口に収まりきらない。

それに、男のものを口で奉仕することにまったく慣れていないのに、早川の拙《つたな》い技巧が気に入ったのかどうか知らないが、中臣は笑いながら腰をゆるく突き動かしてきた。

そのたび、喉奥《のど》を突かれてえづきそうになり、口一杯に頬張った男根に思いきり歯を突き立ててやりたい衝動を抑えねばならなかった。

「……最初は、こんなもんかな。先生のおしゃぶり、悪くないよ。俺の、デカいでしょう。苦しそうな顔してる」

「ん――……っふ…………ぅ……」

じゅぽじゅぽと淫らな音が室内に響き渡った。玩具《おもちゃ》のように扱われ、くちびるの脇を滴る唾液《だえき》を拭《ぬぐ》うこともできない。

斜め上に太く反り返る中臣のものが上顎《うわあご》や、頬の内側を擦って出ていくたびに、しだいにじぃんと熱く痺《しび》れるような疼《うず》きが腰のあたりに溜まり始めるのがたまらなく嫌だった。

とろりと濃い中臣の先走りが喉の奥に滴り落ちていく。

大きな亀頭から竿《さお》全体を舐めしゃぶることを強要され、まるでダッチワイフかラブドールのように口を開きっぱなしで、されるがままだ。

顎の下まで唾液が伝い、自分でもひどくみっともないとわかっている。だが、どうすることもできない。

――俺の意思じゃない。こんなこと、誰も望んでいない。でも、したくてしたくてたまらなくなってくる。ショートのせいだ。短い時間でも燃え尽きてしまわなければいけなくておかしくなりそうだ。

勝手に頭を揺さぶってきて、自分のものを押し込んでくる生徒の顔に異常性を見つけようとしたが、中臣は純粋に楽しそうだ。

もしかしたら、それこそが中臣の狂気を示すほころびだったかもしれないが、ぎりぎりまで追い詰められている早川のほうが音を上げそうだった。

「……っ……！」

激しく咳き込みそうになったのを見計らってか、中臣が抱き込んできて、再度床に組み敷かれた。

剝き出しになった下肢を互いに擦り合わせるような格好に暴れまくったところで、中臣が互いのそこをぎゅっと握り締めてくることで、息が切れた。

「先生、俺のをしゃぶってた間、ずっと勃起《ぼっき》してたんだ？」

「ちが、違う……、これは……！」

「本気で嫌ならとっくに萎《な》えてるでしょう。でも、先生はちゃんと感じてる。もしかして、どうしようもない男好きの淫乱だったの？」

「そうじゃない！　違う、おまえが——変なふうに……触るから……」

熱した身体で言っても説得力がないことはわかっていたが、「頼むから」と続けた。

……頼むから、なんだろう。

イかせてほしいのだろうか。

もっと激しいことをしてほしいとか。

まさか貫いてほしいとか。

男も女も知らない身体のくせして欲情してしまう自分が汚く見えてきてつらい。

手淫に溺《おぼ》れていたほうがずっとましだ。

あれは自分で始めるときと止《や》めるときを決められるから。

でも、相手がいるセックスではそれができない。

中臣が満足しない限り、この悪夢は終わらないのだ。

「頼む……頼むから、痛い目には遭わせないでくれ」

「……先生？」

心からの嘆願に、中臣がかすかに眉根を寄せる。それから、「わかったよ」と小さく笑い、動き出した。

ぬるっ、と滑る淫らな感触に声を上げてしまいそうだ。大きな掌《てのひら》でくちびるをふさがれ、すべてが吸い込まれていく。涙も喘《あえ》ぎも、中臣の手の中に。

「ん、……んっ、……ぁっ……あぁぁ……っ！」

唐突に限界が訪れて、早川はひと息に昇り詰めた。

どっと溢れ出すほとばしりが、シャツをまくり上げた裸の腹を濡らしていく。

精路を焼き尽くすような白濁が中臣の分厚い手に放たれてしまったことにどんどん意識が冴《さ》え渡っていく。

死ぬ、もう死んでしまう。羞恥《しゅうち》の波に溺れて息が止まってしまえばいいのに。

「ん……ん……っ」

掌でくちびるをふさがれたまま達した早川のきつく眉をひそめた顔、それでいてとろりと余韻が抜けずに早くも次の快感を求めるような顔を中臣はじっと見入ってくる。

それから数回、自分のものを強く扱いて息を詰めると、いきなり早川の顔に向けて精液をぶちまけてきた。

「……ッ……！」

「……あー……、その顔、結構いい」

たっぷりとした白濁で早川の顔を汚す中臣が満足そうに笑う。漲《みなぎ》る肉棒の先端がびくんとしなるたびに、熱っぽい滴が飛び出して頬を濡らす。

まだ力を失わないそこを晒《さら》したまま、中臣がシャツの胸ポケットからスマホを取り出す。カシャリ、とシャッター音を二度響かせ、「ほら」と笑顔で液晶画面を早川に突きつけてきた。

精液にまみれて頬を紅潮させ、口を半開きにした、あまりにもはしたない自分がそこにいた。

「なか、おみ……」

「これは、先生と俺だけの秘密。次のテストでは百点を取ってあげます。でも、一回だけ。これからも俺にいい成績を出させたいなら、先生、俺のペットになってください」

有無をも言わせぬ口調で言い切り、微笑んだ男が正気かどうか疑っている余裕はまるでなかった。

たったいま、この生徒に犯されたばかりだ。

生まれて初めての強引なフェラチオを味わわされたばかりで、屈辱は胸に深く刻まれ、死にたいという衝動しか襲ってこない。

このまま舌を嚙み切れればいいのに。

「ペットになる？　ならない？」

有無をも言わさぬ声に、早川はのろのろと頷いた。

ここで拒絶したら、さっき撮られたはしたない写真がどこに出回るかわからない。

ネットにでもばら撒《ま》かれたらその時点で自分の人生は終わりだ。死ぬまで恥辱にまみれる。学校からも、両親からも激しく糾弾されて、職場を、家を追い出されるだろう。

誰にも言えない淫らな関係を続けろと脅しているのは、間違いなく十五歳も下の生徒だ。頭がよすぎて怖いぐらいの、最上級のアルファだ。

必死に仮面をかぶっている自分とは大違いの。

ペットボトルに残った水をハンカチに含ませて汚れた顔を拭い、衣服を調えてくれた中臣が、「先生、また明日」とにこやかに立ち上がる。

「窓、開けておきます。匂いでバレちゃうとまずいですもんね」

そう言って、中臣は出ていった。

六月の爽《さわ》やかな風が室内に吹き込み、つかの間の異常な情事の匂いを消す中、早川はただただ、呆《ぼう》然《ぜん》としていた。

身体に残る中臣の熱に意識が奪われ、指一本動かせなかった。

なにが、あったのか。自分の身体になにが起こったのか。

冷静に思い出すことができずに、早川は力の入らない身体を起こして壁にもたせかけ、中臣が出ていった扉をただ馬鹿みたいに見つめていた。

ずっとスマホが鳴っていることも気づかずに。次第に陽射しが傾いて部屋の中が暗くなり、あたりは闇に包まれていく。

このままいたら、夜間の警備員が見回りに来るだろうというあたりになって、ようやく早川はポケットに入れっぱなしだったスマホを取り出す。もう、二十時を回っている。

気づけば、玲子との約束の時間はとうに過ぎていた。


中臣に無理やり触られたという衝撃は、数日経《た》っても抜けなかった。

それどころか、日を追うごとに、あの日身体の奥に根付いた熱が度を高めていくようで、はらわたが煮えくり返るほどの悔しさと羞恥に、早川は歯噛みした。

恋人の玲子との約束をドタキャンしてしまったことも、何度も詫《わ》びた。

気の強い玲子は烈火のごとく怒り、『どうして約束の時間に来なかったの。忙しいなら電話の一本ぐらいくれたっていいじゃない』と責め立ててきた。

彼女の言うことはもっともだし、まだ中臣との争いに意識が沈んでいた立場としては、ひたすら、『ごめん、悪かった。――生徒の相談につき合っていたらつい遅くなってしまったんだ。今度なにかあったらちゃんと連絡を入れるから』と謝るだけだった。

――どうして、俺がこんな目に遭わなきゃいけないんだ。

日々、屈辱を強め、胸苦しさを抱えて教壇に立たなければならないのは、たまらなくつらい。

なんの前触れもなしに自分を辱めた男が、毎日顔を合わせる生徒の中のひとりだという事実に頭がおかしくなりそうだ。

誰かに相談したくても、内容が内容だけに迂闊《うかつ》に口を開けない。

子どもから大人になりかけている強がりで脆《もろ》い生徒たちに対してはスクール・カウンセラーという心強い味方がついているが、教師にはそんなものはない。

身元を隠し、民間のカウンセラーに駆け込むことも考えたが、結局最後には、本人と話し合わなければなんの解決にもならないじゃないかと思い至り、毎日重苦しい夢の名残を引きずって目を覚ますたびに、いまにも砕けそうな平常心をかき集め、教壇に立った。

今日、早川は現国の授業で抜き打ちの小テストを行った。

アルティメット・クラスの担任となってから、一番厳しい内容になったと思う。その証拠に、クラスの大半の生徒がテスト用紙を見た瞬間に頭を抱え、制限時間一杯まで唸《うな》っていたからだ。

中臣がどんな顔をしているか、あえて見なかった。

見たくなかった。

あれからずっと、中臣を避けるようにしていた。

二十五分の一を視界に入れず、授業やホームルームを進めることに、ひとりの人間として教師としての良心が痛まないわけではなかったが、それ以上の悔恨に押し潰《つぶ》されそうだったのだ。

その日の夜遅くの教員室で、現国が一番得意だと言っていた中臣でさえ満点を取るのは無理だと断言できる意地の悪いテストを採点している間、早川は自分の幼稚さに苛《さいな》まれていた。

——なにも、他の生徒を巻き込まなくてもよかったじゃないか。俺がちゃんと落ち着いて、中臣とふたりで話し合って解決すればいいものを、こんな八つ当たりみたいなことをするなんて。生徒を平等に扱うと誓った自分を裏切ることになるじゃないか。

でも、なんらかの拍子に自分が隠れオメガだということがバレたらと思うとやはり怖い。

早川がアルファでもなんでもなく、じつはいまの社会では蔑《さげす》まれることの多いオメガだということを知っているのは両親と専門医だけだ。

自分を買ってくれている校長ですら知らない事実は、ひとり墓場にまで持っていくしかない。
○、×、×、○、×、○
赤ペンで答案に正誤を表す○×をつけ、点数を用紙の左上に書き込んでいく。
四月の進路調査で、クラス全員が名門の国立大か私立大を目指すという結果が出ていたが、今回の現国テストはかなり手こずったようだ。
×、×、×、○、×、○
現国ではいつもいい点数を取っている生徒でも、正解率が五十パーセントを切っている。テストを出した側とはいえ、さすがにやりすぎたなとため息をついた。
○、○、○、○、○、○、○、○
無意識のうちに赤ペンを動かし、しばらくしてから、手元のテスト用紙にひとつも×がないことに気づいて目を瞠っていると、二年のアルティメット担当教師、幾原が気さくな感じでぽんと肩を叩いてきた。

「おっ、久しぶりにやったじゃないか。あいつ、本気を出すと結構怖いんだよね」

クラスでただひとり、百点満点を叩き出した奴がいた。

テスト用紙の名前欄には、「中臣修哉」と綺麗な筆跡で書かれていた。


翌日の金曜日、六時限目、現国の授業の最後に早川は採点を終えたテストを全員に返した。

いつもどおり、名前と点数を読み上げる。

どの生徒も散々な出来に参ったという顔をしていたが、「中臣修哉、百点」という早川の声にいっせいにどよめいた。

「スゲエな、中臣……。たまにあいつ、ぶっ飛ぶから怖えーよ」

「このテスト、過去最高に難しかったじゃん」

「中臣って、アレだよな。天才とナントカは紙一重って奴?」

ざわめくクラスメイトをよそに、中臣は淡々とした表情だ。

そのままホームルームを終え、生徒たちは挨拶《あいさつ》もそこそこにそれぞれ塾にひた走る。

中臣は塾に通っていないらしく、余裕の構えで教壇に立つ早川の前をゆっくりと通り過ぎた。

「――約束、守ったでしょう？」

底知れぬ自信を窺《うかが》わせる笑い混じりの囁きにハッと振り向いたときには、中臣はもう教室から姿を消していた。

選び抜かれた二十五名のほとんどが音を上げたテストで満点を叩き出すとは、中臣の底力はどうなっているのかと空恐ろしくなってくる。

誓っても、テストの出題内容を彼には教えていない。

絶対に誰も満点を取れないはずだという自負と少しばかりの申し訳なさを忍ばせたテストを、中臣は真っ向から打ち破ってきた。

――確かに、あいつは約束を守った。

誰も突破できないはずのテストで、百点満点を取った。

でも、俺の記憶が確かなら、中臣は、『一回だけ』と言っていた。だとしたら、これから、どうなる？　また、成績を落としていくのか？

暗澹たる思いで教員室に戻ると、「待ってましたよ、早川先生。ちゃっちゃっと片付けて飲みに行きましょう」と二年担当の幾原から声がかかった。

「すみません、遅くなって。……でもあの、今日は皆さんだけで行ってもらえませんか。俺、ちょっと見直したいテストがあるんで」

「駄目だよ。今夜の飲み会は主任の池田《いけだ》さんが幹事なんだから出ておかないと、後々、うるさいこと言われますよ」

耳打ちしてきた幾原の言うとおりだ。

三年の主任教師で、地学担当の池田は五十代に差し掛かるベテラン教師で、学校を軍隊かなにかと間違えているんじゃないかと思うほどに規律にうるさい。

学園長や教頭をさしおいて、現場の教師をまとめる陰ながらのリーダーということもあり、誰も池田には逆らえない。

教師同士の親睦《しんぼく》を深めるという建前を持つ飲み会を断ろうものなら、翌日からねちねちと陰湿な言葉を投げつけられることはわかっていたから、仕方なく早川も幾原や他の教師と連れだって学校から二度電車を乗り換えた場所にある居酒屋に顔を出した。

学校のそばで教師が酒を飲むことは、まずない。

学校帰りの生徒に見つかるとなにかとまずいし、親の目も気になる。未成年者を預かっている立場上、真っ先に自分を律することを覚えるのが高校教師という仕事だ。

うっかり生徒の愚痴を漏らしたり、授業中に騒ぐ生徒を黙らせるために軽く叩いたりしただけで、新聞沙汰になるご時世だ。

少子化という大きな問題の下で、学校はひとりでも多くの子どもを入学させようと躍起になり、その結果、親まで増長して些細なことに文句をつけてくる。

モンスター・ペアレントという言葉が流行《はや》る以前から、早川たちは難癖をつける親たちと必死に闘ってきた。

――朝、起きられないから先生が電話してうちの子どもを起こしてほしいんだけど。

――学校の行事がこっちの仕事とぶつかっているから、行事の日程をずらせないのか。

――他の生徒が贔屓《ひいき》されているのがどうにも我慢できないんです。

理由はさまざまだ。子どもを盾にして、教師相手に鬱憤晴らしをしているのではないかと疑いたくなる親が年々増えているのは確かだ。

今夜の飲み会も、きっとそのあたりが話題の中心になるのだろう。

居酒屋の一間を貸切にしてもらった飲み会は、主任教師の池田の「乾杯」で始まり、互いにそれとなく胸の裡《うち》を探り合いながら、慎重に進んでいった。

教師も教師で、気を許せる相手とそうでない相手がいる。

前任の教師が体調を崩すというアクシデントで、いきなり三年生のアルティメット・クラスを受け持った早川自身、池田や数名の教師に疎まれていることを自覚していた。

これまでの履歴を見込まれて、校長に気に入られていることが腹立たしいようだ。

それに、早川の実家である貿易会社は名が通っており、学園にも結構な寄付金を贈っている。

金で地位を買ったのかと、池田たちは言いたいのだろう。

ほんとうは、早川が朝も夜も忘れて身体を壊すほどの真面目さで教師という仕事に向き合っているだけの話なのだが。

出来のいい生徒を抱える重圧を彼らも知っているだろうに、三十二歳でのスピード出世がやはり妬《ねた》ましいのだろう。

「早川先生、最近顔色がよくありませんね。三年のアルティメットはやっぱり荷が重いですか？」

からかいめいた口調だが、目つきは鋭い教師に言われ、「それほどでもありません」と控え目に答えた。

彼も、池田の腰巾着《こしぎんちゃく》のひとりだけに、気が抜けない。

学校という場所は独自のルールが無数にある、閉鎖された小さな社会のひとつだ。

生徒同士が微笑ましい友情を築く一方で足の引っ張り合いがあるのと同じく、教師の間でも似たような出来事はいくつもある。

「とにかく、中臣が扱いづらい。あいつが反抗的な態度を取るのは前からだったが、早川先生が担任についてからますますつけ上がっているんじゃないのか」

酒の回りが早い池田が絡んできた。

「私の授業で寝ていることもたびたびあるんだ。注意しても、ろくに返事もしない。早川先生の指導はどうなってるんだ」

「いまはまだ、様子見をしているところです。他の先生方にご迷惑をおかけして申し訳ありませんが、もう少しだけ、私と生徒が馴染むための時間をいただけませんか」

卑屈にならず、自分なりの考えを丁寧に述べたつもりだが、池田の機嫌を損ねたようだ。

突然、ビールジョッキをガンとテーブルに叩きつけ、その音に周囲の教師の顔が強張《こわば》った。

隣に座る幾原も頬をひくつかせている。池田は酒癖が悪いことで有名だった。

「あんたね、高校三年のクラスを受け持ってるっていう自覚がほんとうにあるのか？　なにのんびりしたこと言ってるんだよ。アルティメットの生徒のうち、ひとりでも希望大学に行けなかったらあんたの責任能力が問われるんだぞ」

「池田先生、そのへんにしておきませんか。早川先生も着任してまだ時間が経ってないですし……」

たまたま隣に座っていた校医の吉住《よしずみ》が取りなしてくれた。

早川より三歳年上で、気さくな人柄だ。

簡易的なスクール・カウンセラーも兼ねており、生徒の体調をチェックするだけではなく、精神的な面でのサポートもきちんとしていると評判で、受験を前に思い悩む生徒がちらほらと吉住の保健室へ駆け込んでいるのを早川も知っていた。

教師と校医は同じ職場にありながらも、根本的にはまったく違う職種なので、早川としても、吉住相手にはそう肩肘《かたひじ》張らずに喋《しゃべ》ることができた。

「僕は皆さんと違って、生徒たちとしょっちゅう顔を合わせているわけじゃないから、授業中の様子は窺えませんが……中臣くん、喘息《ぜんそく》を抱えてるんですよ。過去にも何度か、保健室に来て休んでいます。そのとき聞いてみたら、幼い頃からの持病だと言ってました」

「小児喘息が治ってないってことですか?」

早川が訊《たず》ねると、吉住が難しい顔で頷く。

「どうも、そうみたいですね。喘息は、たいていハウスダストをはじめとしたアレルギーが原因だと言われてますけど、それがすべてとも言い切れません。いい加減な食事だったり、適切な運動を怠ったり、ストレスから起こることもあります」

「ストレスから……」

「中臣くんの家庭環境、大丈夫なんでしょうかね。大学受験を控えているストレスもあるだろうし」

心配そうに言う吉住にもっと話を聞きたかったが、主任教師の池田が赤ら顔で、「とにかく面倒を起こさないでくれ」と割って入ってきた。

「中臣自体も面倒だが、あいつの親が大学教授だっていうのは早川先生も知ってるだろう。うちにも毎年多額の寄付金を寄せてくださっているんだ。厄介事を起こさずに、ちゃんと中臣をコントロールしなさい。あんた、担任だろう」

中臣と寄付金を強引に絡めて、一切合切の責任を負わせようとしてくる池田に、さすがに閉口した。

中臣に無茶を強いられた立場では、彼を全面的に擁護することはできない。

それでも、金蔓《かねづる》を上手にコントロールしろというのは教師として間違っているんじゃないか、と喉元まで出かかった。

だいたい、コントロールという言葉も気に食わない。

——中臣はロボットじゃないだろう。

『俺を上手に操ってみますか、先生?』

中臣の囁きが蘇《よみがえ》るようだった。

彼自身が、自分の立場を一番よくわかっているんじゃないだろうか。

有名大学の教授を父に持ち、莫大《ばくだい》な寄付金で学校を黙らせられるうえに、すべてを見通せる冴えた知能の持ち主だ。

そんな彼を、誰が操れるというのか。

胸の裡にこもる憤りを言葉にしようとした矢先だった。

ジャケットの胸ポケットに入れていた携帯電話が静かに三回、振動する。

メールが届いたという知らせに、早川は顔を顰めたまま、「ちょっと失礼します」と席を立った。

玲子からだろうか、とトイレに行きかけながらスマホを指紋認証させてメールを開くなり青ざめ、足下がよろめいた。

写真が一枚、添付されている。

それは、あの日——あの初夏の午後、指導室で撮られたものだ。

ねっとりした白い精液にまみれた顔はどうかすると事後の余韻に深々と浸っているような淫蕩さで、とても自分の顔とは思えない。

『いますぐ学校そばの公園まで来てください』

素っ気ない文章に、一気に鼓動が走り出す。

なにか考えている場合ではない。適当な理由も浮かばないまま慌てて同僚たちがいる個室に戻り、鞄を引っ摑んだ。

「すみません。急用ができたので、今夜はこれで帰らせてください」

「どうしたんですか、大丈夫ですか？」

「早川先生？」

幾原や吉住の案じる声にもろくすっぽ答えられず、店を駆け出た。

池田がいまにも怒鳴り出しそうな顔をしていたが、構っていられるか。

電車を乗り継いでいる間も、写真は何度も何度も届いた。

気が狂いそうな思いで、その都度必死に削除した。スマホのボタンを押す指が震えるほどの恥辱に襲われていた。

どこでこのスマホのメールアドレスを知ったのだろう。無理やり抱かれたあのとき、一瞬放心していた隙《すき》を狙《ねら》われてスマホをのぞかれたのだろうか。

『先生が来るまでこの写真を送り続けます』

「……くそ、やめろよ、もう……！」

指の節が白く浮きあがるほどにスマホを強く握り締めた。隣に立つカップルの女性が気味悪そうな顔をし、男性の腕にぎゅっとしがみついている。

電車の窓ガラスには、勢いのまま走ってきたせいか、髪が乱れた自分の顔がぼんやり映っている。気が昂《たかぶ》っているせいか、両目だけが異様にぎらぎらと光っているように見えた。

学校最寄りの駅で降り、中臣が指定した公園に向かって全力で走った。

その間にも猥褻《わいせつ》な写真が密かに届き、早川の痴態を確かなものにしていく。

濡れた目、男の精液で汚された顔、物欲しげな顔は確かに自分だ。

自分だけれど認めたくない。

このままスマホを叩き壊してしまいたい。

それでも、中臣だったらどんな手を使ってでもこの写真を早川の目に晒すだろう。

たとえばネットにばら撒くとか。

たとえばポスターに刷り出して学校中にでかでかと貼《は》るとか。

薄暗い街灯がぽつんと灯《とも》る公園に、中臣はひとりいた。

昼間なら学校の生徒もたむろする場所だが、夜は閑散としていて、近所のひともほとんど立ち寄らない。

息せき切って木陰のベンチに座っていた人物に駆け寄ると、相手はさも楽しげな目を向けてくる。

「早かったですね、先生。もう十分ほど遅れるかと思ったけど。あの写真、やらしすぎてびっくりした？」

「――どういうつもりだ！」

「言ったでしょう。俺のペットになってくださいって。俺は先生の言うことを聞いて、百点を取りました。だから、今度は先生が俺の言うことを聞く番。先生んち、連れてって」

「なに言ってるんだ、無理に決まってるだろう。いくら生徒でも自宅には……」

「嫌だと言っても、俺は先生のプライベートに入ります。この写真、バラ撒かれたくないでしょう？」

「くそ……っ、消せ！　その写真、消せよ！」

「いいけど。でも、もう、うちのＰＣにデータコピーしてありますよ」

「……ッ、おまえ……」

どうにもならない言い合いの末に、早川はうなだれて荒く息を吸い込んだ。

「なんなんだよ……俺をどうしようって言うんだ！」

取り乱す一歩前の震えた声に、だが、中臣はびくともしない。

「高校生活もこれで最後だし、早川先生はわりと俺の好みだし、ちょっと楽しんでおこうかなと思ってるだけだよ」

赤の他人を無理やり抱き、脅すことを『楽しむ』と揶揄《やゆ》する中臣を乱れた髪の間から睨《にら》み据えた。

けっして気が短い性格ではないと思っていたが、中臣を相手にしていると調子が狂う。

「先生？　ねえ、連れてって」

やさしくも聞こえる声音に力が抜けていく。

このまま言い合いを続けていれば、そのうち本気で怒鳴り散らしてしまいそうだ。

そんなことをすれば、すぐに近所の交番から警官が駆けつけてくる。

名門校の教師と生徒が夜遅くに言い争っていた、という場面を押さえられてしまえば、もう後戻りはできない。

——騒ぎを起こすことだけはしたくない。

苦い思いをぐっと飲み込み、早川は年下の男を連れ、通りを走るタクシーに手を挙げた。

学校から三駅離れたところに、早川がひとりで住むマンションがある。

「先生ってこういう部屋に住んでるんだ。男のひとり住まいにしちゃ、綺麗にしてますね。1DK？」

「……2DKだ。奥に書斎がある」

「そこって高校教師らしく本がぎっしり？」

「まあな」

リビング、キッチン、浴室に寝室と好奇心旺盛《おうせい》にのぞいて回る中臣の背中に、「勝手に見るな」と力なく呟《つぶや》くのがやっとだった。

生徒を自宅に招き入れたのは、これが初めてだけに、どうにもいたたまれない。

教師と言えど、ひとりの人間だ。

教壇を下りれば、ごく普通に本を読んだり、映画を観《み》たりする。酒を飲んで憂さ晴らしをすることもあれば、頭を空っぽにしてテレビに釘付けになっていることもある。

しかし、そうした個人的な色合いを生徒たちに見られることも勘づかれることも、早川としては抵抗があった。

玲子という恋人の存在についても頑《かたく》なに沈黙しているので、同僚にもバレていないはずだ。

教師である以上、生徒の手本にならなければいけない。

早川拓生という一個人の生い立ちや趣味、露骨な感情を表に出してしまえば、生徒を混乱させてしまう。幻滅させてしまうかもしれない。

教師という自分は、生徒の向上心を煽《あお》り、さらに飛躍させるスプリング・ボードでありたいとずっと願ってきた。

なのに、その願いが中臣によってすべて打ち砕かれた。

ひととおり部屋を眺めて満足したらしい中臣がリビングに戻ってきて、我が物顔でオフホワイトのソファに腰掛ける。

早川のほうが招かれた客のように身体を強張らせていた。

「いままでなにしてたんですか？」

「……他の先生方と飲んでた」

「そうなんだ。お邪魔してすみませんでした」

おどけた調子で言い、中臣はローテーブルに転がるテレビのリモコンを取り上げ、騒々しいバラエティ番組、真面目なニュース番組とザッピングし、唐突にブツンと電源を落とした。とくに見たい番組があったのではないだろう。勝手な振る舞いに、いちいち神経がささくれる。好き勝手にしやがって。おまえの家じゃないだろう。

「飲み会で、俺の話題が出たでしょう。たぶん、池田先生あたりから」

その場にいたわけでもないのに、中臣は的確に突いてくる。教師の誰もが、自分を持て余しているのだと気づいているのだろう。

「俺はどの先生にとっても、頭痛の種ですからね。抜群に頭がいいのに態度が悪い、授業もろくに聞いてない、テストをすっぽかすこともちょくちょくあるけど、総合成績は誰よりもいいから面と向かって怒鳴れない——まあ、そんなところでしょう」

「自分でわかってて、どうしてそんな馬鹿なことをするんだ？」

「暇つぶし。ていうか腹減ったんだけどなにかない？」

何様だという発言に、怒りがますます募っていく。

抑えろ、簡単に怒れば中臣の思うつぼだと自分を諫めても、ついさっき、立て続けに送られてきた卑猥な画像が脳裏からなかなか消えてくれない。

「……林檎《りんご》ならあるけど」

「じゃ、剝いて」

横柄な暴君の命令に逆らえなくて、早川は冷蔵室に残っていた林檎を取り出し、無言で皮を剝く。そして皿に盛り付け、いささか乱暴に彼の前に出した。

「馬鹿なことができるのは未成年の特権ですよ、先生。俺が早川先生ぐらいの大人になってもまだ馬鹿をやってたら、犯罪歴がついてしまうじゃないですか」

中臣が手を伸ばし、ローテーブルに置いてあった煙草《タバコ》のパッケージから一本抜き、火を点《つ》ける。

ふわりと立ち上る紫煙につかの間見とれてしまったのは、中臣が煙草を吸う仕草が自然すぎたせいだ。

「……なにやってんだ！」

吸いかけの煙草を取り上げ、灰皿に押し潰しても、中臣は動じない。

「いいじゃないですか、煙草ぐらい。それより、なにか飲むものないですか。喉、渇いた。ビールあります？　酒はなんでもいけるほうなんだけど」

「おまえな……未成年だろう。頭がいいなら、煙草も酒も駄目だってことぐらい、知ってるはずだろうが」

「知ってますよ。大人と子どもを区別する、どうでもいい法律のひとつとしてね」

剣呑《けんのん》な笑い方をする中臣の迫力に気後れしそうだったが、そうそう引き下がるわけにもいかない。

こっちにも教師として、あるいは年上の男としての意地がある。

「酒も煙草も二十歳を過ぎてからにしろ。おまえはいまはまだ未成年だ。自分で責任を背負える歳じゃない。そのことを弁えろ」

きっぱりとした口調に、中臣が目を細める。

さしずめ、獲物を前にした凶暴な獣のような油断ならない目つきに、身体の芯《しん》が震えた。

「ふぅん……だったら、暴力やセックスは？」

「……中臣」

「酒と煙草は駄目でも、暴力やセックスはいまやってもいいんですよね。小学生でも中学生でもさ。べつに、法律で禁じられてないし」

突拍子もない言葉に面食らう早川を置いて中臣は立ち上がり、リビングをすたすたと横切ってキッチンの冷蔵庫を開ける。

数本詰めてあった缶ビールを二本取って隣に戻り、プルタブを開ける。

「俺ね、今日は早川先生を犯そうと思って、呼び出したんですよ。先生、男と寝るのってたぶん初めてでしょう？　だから、アルコールで少し意識を飛ばしておいたほうがいいと思うんだよね」

「中臣、おまえ……！」

逞しい喉をそらして旨そうにビールを口にする中臣が、ふいに顔を近づけてくる。

胸倉を掴まれたことで、頬を張ろうとするよりも先にくちびるをふさがれ、口移しでビールを流し込まれた。

「ん……ッ……ん……！」

思いきり胸を叩いて抗った。

あっという間に一本目のビールを飲ませてきた中臣が、二本目に手を出す。

彼が一滴も飲んでいないぶん、そのほとんどを一気に口移しされ、意識が急速にぶれてしまう。

犯す、という言葉が禍々《まがまが》しい呪文《じゅもん》のように胸の真ん中にくっきりと刻まれていく。

「やめ……ろ……っ、中臣、中臣！　離せ！」

狭いソファで暴れたが、現役高校生の体力にはどうしても勝てない。

「林檎も食べとこうか」

にやりと笑う中臣が皿から林檎を指でつまみ上げ、しゃくりと嚙み砕いてそのままくちづけてくる。

「ン……！」

口移しで食べさせられる林檎は嘘《うそ》のように甘くて、瑞々《みずみず》しい。熟しているせいか蜜の甘さが怖いぐらいだ。

「やめろ、自分で、食べられる、から……っ」

「だーめ。こういうのは一緒にやらないと意味がない。ほら、口開けて」

下顎を親指でぐいっと押し下げられて、無理やり口を開かされた。そこに、もう一度軽く嚙み砕いた林檎が移し込まれる。今度はとろりとした唾液と一緒に。

舌も挿入されて口腔《こうこう》内をかき回され、林檎を飲み込むことを強引に求められて、なんとか喉を鳴らした。甘くて骨まで染み込む林檎が毒のように急速に体内に吸収されて、意識までも痺れていく。

林檎半分を食べさせられて、よけいに喉が渇いた。ただ渇いただけではない。飢えた感じが刻々と強くなっていく。セックスの前の愛撫にしては濃すぎて息が切れる。こんな形で他人の体液を取り込んだ経験はゼロだ。

口の中、頭の中は甘い蜜でいっぱい。溢れんばかりの罪悪感を塗りつぶそうとしているのが怖かった。

力ずくで寝室に引きずり込まれ、ベッドに組み敷かれる間も懸命に逃れようと手足を振り回した。けれど、どれも無駄だった。

「暴れないで。気持ちよくしてあげたいだけだからさ。俺のセックスの虜《とりこ》になると思うよ」

どことなく自嘲《じちょう》気味に言う中臣が薄闇の中で、次々に衣服を剝《は》ぎ取っていく。

シャツのボタンがふたつ、弾《はじ》け飛んだ。

以前のときのようにネクタイで両手を縛られてしまうと、それ以上身動きが取れない。

ベルトをゆるめる手つきの荒々しさに、身体が竦んでしまうのが不甲斐《ふがい》なかった。

暴力沙汰には慣れていないのだ。

だからといって、たやすく身体を明け渡す気にもなれない。

激しい葛藤《かっとう》を見抜いたのかどうだか知らないが、服を着たままの中臣が笑い、裸の胸にそっと触れてくる。

「先生、ここ、誰かに弄ってもらったことありますか？」

「ない、……あるわけないだろ……！」

年下の男に触られるという恥辱が胸を焦がし、声も引きつる。

「そうか。だったら、感じ方を俺が教えてあげますよ。乳首を弄られるだけでイけるような身体にしてあげます」

「な……か……っ」

平らな胸の突起を弄られるだけで達するなんて、嘘だ。

自分はそこまで脆くないと言い聞かせるそばから、中臣の大きな掌が胸にぴたりと張りつき、強張る筋肉を揉《も》みほぐすように動く。

呼吸するタイミングと同じく、長い指の一本一本が強く、やさしく胸筋に食い込んできて、しだいに胸全体がじわりと炙《あぶ》られるような疼きが根付いていくことを認めたくなかった。

――こんなことで感じるはずがない。絶対に感じない。以前、似たようなことがあったときだって、俺はちっとも反応しなかった。それどころか嫌悪感しかなかった。

歯を食いしばって耐えた。

中臣は執拗《しつよう》に胸をいたぶる指の強弱を変えて責めてくる。

感じない、感じるわけがないと戒めるかたわら、――自分が気づいていないだけで、中臣のような男につけ込まれる隙があるのかもしれないと仄暗い気分になった。

玲子という恋人の存在を中臣は知らないはずだし、早川自身、オメガという立場を隠したくて他人を誘う意識はない。

それでも、中臣は自分を追い詰めてくる。

やはり、フェロモンが滲み出してしまっているのだろうか。怖い、バレてしまうのが怖い。

——俺自身に、ゆるみがあるんだろうか。

痛いぐらいに胸を揉み込まれ、だんだんと指が中心に向かっていくのを止めることができず、早川は奥歯を強く噛み締めるしかなかった。

掌で胸をこね回され、揉まれ、つねられ、じんじんと痺れるような熱く濡れていく感覚が全身に広がり、尖《とが》りの根元をきゅうっとつまみ上げられたときには、とうとう声を漏らしてしまった。

「……ぁ……っ」

重点的に乳首を嬲《なぶ》られたのは、生まれて初めてだ。

そんなところで感じるはずがないといましがた自分に誓ったばかりなのに、中臣の長い指で括《くび》り出された乳首はふっくらと腫れ上がり、深い色を宿すまでになっていた。

「いい色になったから、舐めてあげますね」

「……ッいや、だ、いやだ、やめろ……！」

どんなに罵《ののし》っても、中臣の楽しそうな笑顔は変わらない。

指で弄られるだけでも屈辱なのに、女みたいにくちびるで愛撫されるのかと思うと体温が一気に上がりそうだ。

綺麗な形をしたくちびるに、ツキンと尖った乳首が挟み込まれてきつく吸われたとたん、抗う一方だった声が微妙に変化してしまう。

「──ん……んっ……あぁ……」

中臣の舌が胸を這《は》う。ちゅく、くちゅり、と音を立てて乳首を吸われ、熱い舌でくるみ込まれて蕩《とろ》かされていく。

舐められれば舐められるほど敏感にそそり勃つ乳首が、いまではもう、下肢とは別の性感帯のひとつになっていた。

中臣の髪が汗ばんだ胸をかすめていくのさえ、つらいほどに気持ちいい。

胸を弄り回しながら、中臣が少しずつ身体をずらしていく。

「早川先生、乳首を弄られて気持ちいいんですか？　こっちの先っぽがべとべとに濡れてるんですけど」

「……っぅ……」

容赦ない言葉に涙が滲んだ。

中臣の呼気が太腿《ふともも》の内側にあたるだけで、ひくん、と身体の奥底がなめらかに締まる。

そんな感覚も初めてだったから、抑えても抑えても震えが止まらない。

「やめ……っ、あ、あ……！」

この間のように勃ちきったペニスに手で触れられるのかと身構えていたが、手よりもっと熱く、ぬめぬめとした感触に囚われ、思わず腰が浮いた。

「ばか、中臣……やめろ……っ！」

悲鳴混じりの声に、中臣がずるぅっと下からペニスを舐め上げてくる。

中臣の口淫にためらいはまったくなく、ぬるつく先端の割れ目を舌先でくりくりと押し拡《ひろ》げ、過敏に疼く粘膜に吸い付いてくる。

「あ、あ……っいやだ、や、やだ、……っ」

巧みに舌で弄《もてあそ》ばれ、中臣の口の中で弾けてしまいそうだ。

同じ男のものを嫌悪するどころか、中臣は愛《いと》おしむようにねっとりと舌を巻き付けてきて、ときおり、じゅるっと啜《すす》り上げて早川の息を詰まらせる。

どういう遊び方をすれば、これほどに男を追い詰める術《すべ》を身に着けられるのだろう。

アルファである中臣のプライベートがどんなものか知らないが、かなり奔放なことは、こなれた仕草からも窺える。

アルファという立場を利用して、あの男この女を好きなように操ってきたのだろう。自分も彼のトロフィーになるのか。『教師でも簡単に墜《お》ちるよな』と。

「先生、もう少し足、開いてください」

「……な、んで……？」

「奥のほうも舐めるから。俺が挿れやすいように」

艶《つや》を帯びた声に、カッと身体が熱くなった。

「……なんで……どうして、こんなことするんだ！」

「なんでって、いまさら聞きますか？　先生としたいからですよ。セックスって理屈でするもんじゃないでしょう？」

「だからって……、俺を相手にすることないだろう、俺を相手にしてなにが楽しいんだよ！　おまえ、アルファだろ！　もっと他に相手がいるだろ！」

土壇場で足掻《あが》いたが、中臣は聞いていない。

両脚を持ち上げられ、尻《しり》の狭間《はざま》にまで舌を這わせられて、悪寒にも似たぞくぞくするような快感が滲み出していくのをどうしても否定したい。

窄《すぼ》まりを十分に唾液で濡らし、ぬくっ、と指を挿れてくる中臣が顔を近づけてくる。

「先生の中、熱い。締まりもいい。もう少ししたら、俺のもの、挿れてあげるから」

「……も、や……だ、いやだ、やめろよ……っ……」

「先生、泣きそう？　そんなに嫌ですか？」

くすりと笑う声に意識が崩れかけ、心の底に沈んでいた黒い煙がゆったりと立ち上る。

その煙がまたたく間に早川を包み込み、快感と恐怖心を煽る。

「……怖い——怖いんだ、痛い目に遭うのは嫌なんだ、頼むから」

泣き出す一歩前の声に、中臣がぴくりと眉を跳ね上げた。

「この前も同じようなこと言ってましたね。もしかして、過去にワケあり？」

早川は息を荒らげ、顔を枕に押しつけた。

言いたくない。玲子にだって漏らしたことのない秘密だ。——ほんとうはオメガなんだ、という事実ではないが、それに匹敵するほどの屈辱的な過去だ。

のしかかった中臣が話を聞くまではどこうとしないので、早川は諦《あきら》めて痺れるくちびるを開いた。

「……高校のとき、同級生が……おまえと、同じようなことをしてきたんだ。親友だったから家で一緒に受験勉強してたら、いきなり押し倒されて……」

同級生の顔も、声も感触もはっきりと思い出したくない。

「もしかして、無理やり犯された？」

行為を止めた中臣が耳元で囁く。その声がどことなく気遣うようなものに感じられた。

「俺の親が帰ってきたことで、未遂に終わった。触られただけで……でも、あのときの怖さはいままでも忘れられないんだ、だから」

「……そうだったんだ」

中臣にしては憂鬱そうな顔だ。

「……いい匂いするもんね、先生。俺はその男の気持ちが少しわかるよ」

「中臣……」

「この話、誰かにした？」

「……してない。いままで誰にも」

「じゃあ、俺だけが知ってる？」

「……ああ」

また強請《ゆす》るネタにされそうだとわかっていても、頷いた。

嘘はつけない。

「なんでこんなに先生に惹かれるんだろうなぁ……ふふっ、もしかして俺、アルファじゃなくてオメガなのかもよ。だからこんなに発情しちゃってるのかもな」

「……え？」

思いがけない言葉に思考が止まる。

中臣がオメガ？　そんなはずがあるまい。

彼はよい家庭に生まれ育った掛け値なしのアルファだ。

そのことは、彼の身上書でも知っている。

十歳のときの血液検査でアルファと判定されたと身上書には書いてあるのだ。そうしたプライベートなことまで、学校の教師たちは知っている。

もちろん、将来の日本を背負って立つ優等生を育てる学校だから当然のことなのだが、隠れオメガの自分としては生徒たちの身上書を目にするたび罪悪感が募った。

選ばれたアルファと一部の裕福なベータだけで構成された学校に、オメガの自分が潜んでいるという事実に胸がきりきりと痛くなる。

いつか、父親がなにもかも諦めて自分を放《ほう》り出してくれたらいいのだが。

三十二歳になっても己の道を己で決められない歯がゆさに早川はくちびるを噛んだ。

中臣を説教できる立場ではない。

「なーんてね。冗談。……俺はアルファで、先生もアルファ。アルファ男子の婚姻は認められているけど、お互いに子どもは持てない。でも、愛情があればそんなものいらないよね？」

なにを言っているんだと口を挟みたいが、物憂げな中臣の表情に見入ってしまう。

ひとつため息をついた中臣は一度瞼を伏せるが、楽しいことでも思いついたような顔で綺麗なくちびるの両端を吊《つ》り上げた。

「だから、俺が全部忘れさせてあげますよ。若い頃の怖かった記憶をなくしてあげます。俺だけで先生を一杯にしてあげる」

「中臣……っ」

止めてほしいと頼んでいるのに、中臣の思考はまったく違う方向に走っている。

中をかき回す指が二本、三本と増やされていく。

ゆっくりと拡げられる感覚に吐き気を覚えたが、しだいに肉襞《にくひだ》が中臣の指のやさしい摩擦で潤み、ひくつき始める。

「ん――……ぅ……」

自分でも触れない場所で中臣の指がばらばらに動き、どうしようもない疼きを孕《はら》ませていく。意識では怖いと思っているのに、熱く潤んでしまうことを止められない。

それだけではさすがに潤いが足りないと思ったのか、中臣は床に置いていた自分の学生鞄を足で引き寄せ、中からピンクのボトルを取り出す。

「なんだそれ……」

「ラブローション。男同士のセックスには必要なものだよ。慣れれば早川先生のここも柔らかくなるだろうけれど、今日が最初だからね。たっぷり濡らして解《ほぐ》してあげる」

「なっ……！」

中臣はボトルを傾けて掌にピンクのねっとりした液体をまぶす。それから両手を擦り合わせ、人肌に温めてから再び尻の狭間に指を挿れてきた。

「……ッア……！」

さっきよりもずっとぬるつく感覚がいやらしくて、腰を振ってしまいそうだ。潤んだ肉襞にローションが足されてぐしゅぐしゅと音を響かせる。

「あっ、あ、や、ん、ッ」

浅い場所を指でかりかりと引っかかれ、早川は身悶《みもだ》えた。

そこが、いい。

甘やかに疼くほどの快感に涙がこめかみをすべり落ち、もっと硬くて大きな物を欲している——中臣自身を。

ずるりと指を抜き、中臣はもったいぶってアナルの周囲を撫でまわす。

「……そろそろ、いいか」

目端で笑う中臣が手首の拘束を解いてきて、「俺のも触ってみて」と囁く。

制服のスラックスの前を開き、なかば痺れている右手で彼のものを握らされ、根元からぐんと反り返る肉棒の雄々しさに怯《おび》えた。

「先生、ちゃんと握ってて。俺が先生の中に挿《はい》ることを身体でも頭でも理解して。痛い思いはさせないから」

「……っぁ、――あ、……あ、……っ！」

根元を摑まされた状態で、ぐぅっと中臣が腰を深く突き挿れてきた。

手を離したくても、中臣に上から押さえつけられていて無理だ。

「う……う、……っん……っなかおみ……ぃ……っ」

大きい。そして、たまらなく硬くて、熱い。

火傷《やけど》しそうで怖いのに、抜かれそうになるとぎゅうっと引き留めてしまうのが自分でも変だ。

気が遠くなるような時間をかけ、中臣がじっくりと挿入してくる。

指の愛撫とは比べようのない圧迫感と硬さ、熱の高さに、神経はぎりぎりまで研ぎ澄まされ、ちょっとした動きにも反応してしまう。

中臣の吐息や指の動きひとつにも息が乱れる。

痕《あと》が残るほど丁寧に愛撫されたせいか、違和感を覚えることはあっても痛みはほとんどない。

初めて知った途方もなく強い感触とねじれた快感が、高校時代の仄暗い記憶をひと息に吹き消してしまうようだった。

あのときは服の上から触られただけで終わったが、今夜は違う。

身体の中にまで串刺しにされているのだ。

隆起した男根で肉襞をじわじわと擦られ、「やっと、全部、挿った」と笑い声を耳元で聞いたときには、指の先までも火が点いたように熱くなっていた。

「……先生、すごい。想像以上に、いい。俺、ちょっと歯止めきかない——かも」

「待てよ、……なかおみ……！」

両手でぎっちり腰を摑まれたかと思ったら、いきなり最奥《さいおう》まで貫かれた。

「あ、あ——あ、あ……！」

大きく揺さぶってくる中臣が舌なめずりし、ぎちぎちにはめ込んだうえで、無防備に晒した胸にしゃぶりついてくる。

飢えきった男になす術もなく、抉られる強さに早川は声を嗄《か》らした。

強烈な質感に痛みが入り込む隙間はなく、一欠片《かけら》ばかり残っていた理性を叩き壊すほどの激しい快感が噴き上げてくる。

オメガとしての本性が露わになってしまったみたいだった。

初めての性交なのに、こんなに感じるものなのだろうか。

いや、初めてだからこそ——三十二歳にして知ったセックスだからこそ、かもしれない。

他人の熱を浅ましく追い求め、もっともっと突かれたがっている。

中臣の若さを、求めている。

「……も、ぉや、だ……ゆる、しっ……」

「駄目ですよ、先生。一度始めたことは、ちゃんと終わらせないと。中途半端なのが一番よくないでしょう？」

熱っぽく笑う中臣のシャツが汗で濡れた裸の胸にかすかに触れる。

それも悔しかった。

こっちは衣服をすべて剝ぎ取られて泣かされているのに、中臣はシャツの襟元と、スラックスの前をゆるめている程度だ。

羞恥と屈辱と、男に初めて犯される複雑な快感に悩ましく濡れていく肌を、中臣の視線が焼いていく。

彼がシャツも脱ごうとしないのは、征服者だということを知らしめるためなのか。

最奥に突き当たったところで、中臣はずるく腰を揺らす。

はめっぱなしで浅く突かれると、もうそのまま、中臣の形をくっきりと覚えてしまいそうで怖い。

しかできなくなってしまう。

発情したオメガならば誰とでも性交してしまうのが常なのだが、最初がこんなに強烈ではもう中臣としかできなくなってしまう。

そんな未来のない選択、絶対に嫌だ。

彼は一生徒で、あと少しすれば卒業してしまう立場だ。

たった半年近くの遊び相手に選ばれ、ぼろ雑巾のように扱われるなんて絶対に嫌なのに、がっしりとした手で腰を捉《とら》えられてズクズクと突かれると、とめどもなく喘いでしまう。

それがせつなく、絶頂を追い求める声なのだと自覚して、泣きたくなってきた。

「俺とのセックス、そんなに嫌じゃないでしょ」

「……っ……う……く……っ」

「これからも、俺と寝てください。気持ちよくしてあげるから、俺を操ってください。そうすれば、他の先生から尊敬されますよ。『あの面倒な中臣を首尾よく手懐けた』って。たぶん、俺の親父《おやじ》にもね」

「……う……、あ、あ……」

言いたいだけ言って、中臣が性急に突き上げてきた。

呼吸が乱れて、苦しい。

いい、すごくいい。

最初のセックスで早くも激しい絶頂に追い込まれていき、射精感が急激にこみ上げてくる。そのこ

とに勘づいた中臣が深くくちづけてきて、舌を搦《から》め捕る。

「ん――……っぅ……！」

きつく舌を吸われ、壊れるほどに突きまくられた。熱の逃げ場はどこにもない。

頭の中まで犯されたような感覚に中臣の背中をがむしゃらに引っかくと、濡れそぼった性器を扱かれ、目も眩《くら》むような絶頂感に泣きじゃくった。

「あ、っ、あ……っ、イく、イっちゃ……っ！」

「先生の中でイかせて」

早川がどくんと身体を震わせて達したのとほぼ同時に、荒々しい息遣いの中臣がさらに深く貫いてくる。

早川の最奥に激しく脈打つものをぐりぐりと咥え込ませ、秘膜を破るような動きを見せながら中臣が身体を大きく反らし、ぶるっと頭を振る。

その仕草もやっぱり獣同然だ。

それから、ずしりと重たい射精が始まった。

「……っ……く……っ」

「……ヤバ、先生……中毒になりそ……」

年下の男の精液で身体の奥までたっぷり濡らされる辱めに気を失うことができたら、どんなにいいだろう。

どぷっ、どぷっ、と若い雄の精液が尻の奥に放たれ、孕んでしまいそうで怖い。

誰にも絶対に秘密だが、自分には子宮があるのだ。

時期悪く中出しされてしまったら妊娠してしまう恐れがある。

高校生の子どもを――中臣の子どもを。

自分が子どもを宿した瞬間に、オメガだと周囲にバレてしまうことも怖かった。

平らかな腹の下に隠された子宮を使うことは一生ないだろうと思っていたのだが、こうなってしまってはもうわからない。

もし孕んだら、かかりつけの医師に密かに頼み込んで堕ろすしかない。

子どもには罪はないのだが、自分自身が嘘を抱え続けている存在だ。子どもを持つなんてしあわせ、許されるはずがない。

絶頂の余韻と罪悪感に苛まれてしゃくり上げる早川の上で、中臣は満足そうに腰を揺らしている。

早くも第二ラウンドに入りたそうな顔だ。

冗談じゃない。こんなの一度で十分だと彼を突き放したかったが、自分の身体だって滾《たぎ》ってしまっている。

アルファと偽っていてもセックスしたら普通に燃え上がるだろうから、そういうことにしてしまいたい。

二度、三度性交したら中臣は満足するだろう。

自分もまだ次の発情期が来ていないから、なんとか押さえ込むことができるはずだ。

あとで、緊急用の注射を打とう。普段はカプセルでできた抑制剤を飲むのだが、どうしても駄目な場合は特別調合された瞬時に効く薬を早川は医師から処方されていた。

糖尿病患者がインシュリンを打つように、早川も自分で注射を打つことを学んでいる。

これは、隠れオメガとしての身を守るための最終手段だ。

それでもどうにもならなかったら、かかりつけの医師に電話して病院に駆け込む他ない。その場合は数日入院することになるが。

……中臣が、まだ中に刺さっている。

硬くて、突き込んでくる。

そのことに心地好《よ》さを覚えるなんて認めたくないのに。

そう思ったが、どうしてもできなかった。

残酷な遊びを覚えた中臣と繋《つな》がりながら、――この関係は始まったばかりなんだと滲む涙を拭うことしか、いまはできなかった。


中臣に犯されて以来、彼を意識せずにいられる日は一日とてなかった。

相手は担当クラスの生徒で、卒業までこのまま成績を維持すれば、間違いなく、学校創立以来のナンバーワンを誇る天才となるだろう。

――でも、中臣はある種のフリークだ。

中臣の素行態度は日に日に悪くなっていった。

なにも彼が学校帰りに繁華街で騒いだとか、他校の生徒と喧嘩《けんか》したとかいうのではない。

ただ単に、中臣の気に入らない授業には顔を出さず、校内のどこかでサボっていることが以前より増えたのだ。

そして、早川はことあるごとに身体を要求された。

学校内でも外でも、中臣から連絡が入れば頷かないわけにはいかなかった。卑猥な場面をスマホのカメラで何度も撮られ、嫌だと突っぱねるにはあまりに分が悪すぎる。

学校の外で問題を起こされるのも教師としては手痛いが、縄張りとも言うべき校内で堂々とルール違反を犯されることも、他の生徒の手前、示しがつかない。

そのことを主任教師の池田からひどく責め立てられ、早川は頭を下げ続け、校内のあちこちを探し回る羽目になった。

――中臣のことなんか気にせずに、他の生徒を守るべきなんじゃないのか。二十五名いる生徒のひとりに振り回されて、後の二十四名を路頭に迷わせる気か？　中臣ひとりが希望校に入れたとして、他の二十四名の結果が惨憺たるものになったら、どうすればいい？

中臣を探すたび、いつも同じことを思った。

強引なやり口で触れてきた生徒を突き放す方法を考えようと思えば、いくらでもありそうだった。彼の手元に残っている、あの淫らな写真がもしも外に出回ったとしても、『自分を貶《おとし》めるための合成写真だ』と言い張れば、皆、最終的には納得してくれるのではないだろうか。中臣を自宅に招き入れたことについても、誰にも知られていない。

けれど、たったひとつの事実が早川を追い立て、懸命に中臣を探させた。

――本気で争えば、中臣を跳ね返せたはずだ。自宅に迎え入れることもしないで、中臣のいいようにされることもなかった。本気で中臣のすることに嫌悪していたら――俺は、感じていなかった。だけど、オメガだから。どんなに嫌な相手でも、発情期に飲み込まれたら応《こた》えてしまう身体だ。中臣の愛撫に応えたのも、俺がほんとうはオメガだからか。そして、達してしまった。中臣に抱かれて反応してしまった。俺は、自分で考えていた以上にふしだらなたちだったのか。理性なんてなんの役にも立たないのか。

恋人がいるのに、年下の生徒のすることに感じてしまった自分がいまでも認められず、なんとも言えない苦々しさを胸に残す。

指導室で触れられたことは予期せぬ事故だったとしても、二度目以降に起きた出来事は、早川自身の意思で食い止めることができたはずだ。

――だとしたら、俺自身が中臣とのトラブルを心のどこかで望んでいたのか？　違う、そんなことは絶対にない。中臣がなにをするのか気になっていたことは事実だけど、抱かれたいなんて思ったことは一度もない。あのとき、まだ発情期ではなかったのだし。

けれど、二度目は頑と突っぱねることができなかった。恋人の玲子さえ知らないうしろめたい過去を打ち明けたとき、中臣の手から少しだけ力が抜けたことに気づいたからだ。

やさしく抱かれたからと言って、脅されている関係に変わりはない。

心を許したわけではないのに、あのときは中臣によって疼かされた身体をどうすることもできなかった。

迷い、とまどい続ける早川に主任教師の池田が『指導がなってない』と檄《げき》を飛ばし、ついでに、恋人の玲子までも完全に怒らせてしまった。

前の約束を破って以来、何度かメールのやり取りをしていたが、中臣との関係が一気に加速化したことで、本来、大切にしなければいけないひとへの対応がどうしてもおろそかになってしまった。

『今度の休みには絶対に会うから』

『そう言って、どうせまたドタキャンするんでしょう。守れない約束はしないで』

『悪かった。今度は絶対会うよ』

守れない約束はしないで――玲子の言うことは正しい。

抜き差しならない状況にあるのだから、とにもかくにも、『仕事が忙しい。落ち着くまで待っていてほしい、かならず電話するから』と誠実に答えれば、玲子も渋々ながら理解してくれたのではないだろうかと思う。

なのに、自分は、『絶対に』という言葉を何度も使って玲子を引き留めた。

ほんとうに会えるかどうかも確約できない状態なのに。

——玲子が、いまの俺を正しい現実の世界に繋ぎ止めてくれる唯一の楔《くさび》のような気がする。俺がしていることは身勝手なんだろうか。でも、中臣のすることに引きずられて、認めてしまったら、偽のアルファとしても、教師としても、社会人としても破滅する。

中臣を自宅に招き入れてから、とうに一か月は経つだろうか。

鬱々とした気分で、教員室でテストの添削をしていた。

あっという間に六月が終わり、早くも真夏さながらの太陽が照りつける七月初めの昼過ぎ、「早川先生」と声がかかった。

振り向くと、幾原だ。彼もこの時間帯は身体が空いている。

「いま、三年のアルティメット、池田先生の地学の授業中なんですが、中臣がまたいないそうなんですよ。池田先生、コレです」

両手の人差し指を頭の上に突き立て、鬼の角に見立てる仕草に、早川はため息をついて立ち上がった。

「すみません、いつも。すぐに探してみます」

中臣が池田をことのほか嫌っていることには、早川も気づいていた。

池田の地学の教え方は悪くないのだが、生徒の疑問を伸ばして育てるタイプではなく、知識で押し潰す一方だ。

詰め込み式を了解している生徒なら池田のやり方はスムーズだろうが、疑問から疑問をふくらませ、想像力を働かせるタイプの生徒は論説のような授業に魅力を感じず、腐ってしまう。

さだめし、中臣もそのタイプなのだろう。

あんな奔放な性格の生徒が池田の授業を真面目に聞いているはずがない、と考えたところで、ちょっとばかり中臣に肩入れしている己を恥じた。

期せずして彼に深く立ち入られている身としては中臣を避けるのが当然で、どういう種であるにせよ情を持つのは論外だ。

——でも、結局、俺は中臣を切り捨てることができない。

二十五分の一を無視することができないから、視聴覚室や図書室とあちこち探した挙げ句に、校舎から離れた、古い体育倉庫に向かった。

クーラーがない倉庫だが、周囲に生い茂る大木が強い陽射しを遮ってくれるおかげで、室内は思ったよりひんやりしている。

倉庫は最近、新しいものが校庭の奥に建てられ、こっちは夏休み後に取り壊される予定だ。だから、普段は鍵がかけられ、めったにひとも寄りつかない。

しかし、中臣が以前からここの合い鍵を密かにつくり、入り込んでいることを早川は知っていた。

たぶん、今日もここにいるんじゃないだろうかという読みは当たった。倉庫の隅で、古びたマットレスを枕に中臣は身体を丸めて眠っている。

広く、頑丈な背中を見るたび、やるせなくなる。

十五歳も下の男に弄ばれるなんて、教師を目指した頃には想像もしていなかった。

「……中臣、中臣修哉、起きろ。授業中だろ。教室に戻りなさい」

肩を揺さぶったとたん、ぎゅっと手を摑まれて驚いた。眠っていたとばかり思っていたのに、とうに目を覚ましていたようだ。

「先生が俺を起こしてくれるときの声、好きなんですよね。怒ってて、拗《す》ねてて、可愛《かわい》い」

「ばか言うな。早く起きなさい」

掠れた声に胸が昂ってしまうのが悔しい。

独特の艶がある声は生まれつきなのだろう。

年下のくせに生意気なことを言うな、と一喝したくてもなかなかできない引力が、中臣の低い声にはある。

「……ねえ先生、しましょうよ」

「中臣……！」

くるっとこっちを向いた中臣に手を引っ張られ、身体のバランスを崩して倒れ込んでしまった。冗談じゃない、校内で、しかも授業中だ。

いくら人気のない倉庫だと言っても、中臣が授業をサボっていることを知る他の教師がここを訪れないとはかぎらない。

「やめろよ、こんなところで……！　するなら、せめて、他の場所で」

「だめ。俺はいま、ここで先生としたい。授業中なのに、俺に抱かれてやらしくよがる先生がもっともっと、もっと見たい。先生、俺に抱かれるのは嫌いじゃないでしょう？」

「好きじゃ、ない……！」

「そう？　じゃあ、好きだって言うまでやってあげますよ。俺、先生が感じるところ、もう全部知ってると思うけど」

一回り以上も違う体格の中臣に抱きすくめられてしまえば、ろくな抵抗もできない。

それでも中臣を引き剝がそうと無駄な努力をする中、大きな手が熱を帯びて身体中をまさぐってくる。

「……っぁん……」

自分からは声を出すまいと、必死にくちびるを食いしばった。

そうした些細な抗いが中臣の征服欲を煽るのだとは知らずに。

胸を弄られ、舐めしゃぶられるだけで、下肢に急速に熱が集まっていくようになったのは、中臣に抱かれるようになってからだ。

「あ、……あ、……中臣……！」

「違うでしょう。俺の名前、呼んで」

四つん這いにさせられ、ひくつく窄まりを指でくちくちと淫猥に拡げてくる男の囁きに、「……修哉」と消え入りそうな声で呟いた。

名前を呼べ、と最近よく言われる。

もともと、早川は生徒の名前をフルネームで呼ぶ癖があった。

中臣という名字は珍しい部類だが、鈴木《すずき》や佐藤《さとう》といったよくある名字の生徒がクラスに二名以上いる場合、混乱を避けるためにもフルネームで確認する。

「……修哉、修哉……」

つらい思いをさせられないように。

過剰な快感を味わわされないようにと願いながら、名前を呼ぶ。

ここで発情してしまったら目も当てられない。その一瞬前で止めなければ。

中臣が暴力的なやり方で犯してくることはけっしてなかった。

無理やり繋がる関係は変えずとも、身体を傷つけてくるような真似はしない。

男を受け入れることにまだ慣れていない早川を気遣っているのか、時間をかけて丁寧にアナルを弄って舐め、十分にゆるめたところで挿ってくる。

「……あ、……あぁ……っ！」

ずくん、とそそり立つ男根を背後から突き挿れられて、早川は背中をのけぞらせた。

火照る肉襞は中臣の挿入を悦《よろこ》ぶようになってしまい、早川の意思とは裏腹に、押し挿ってくる肉塊に甘く、ねっとりと絡み付く。

繋がっている間、中臣はぴんとそそり勃つ乳首をこね回し、ペニスにも触れてくる。とにかくどこでもいいから触っていたいとでも言うような狂おしい手つきに翻弄《ほんろう》され、端がほつれたマットレスに爪《つめ》を立てながら喘いだ。

中臣の求め方はいつも突然で、服も中途半端な形で脱がされる。だが、中臣自身はけっして脱がない。今日もそうだ。

「早川先生の乳首、前より弄りやすくなりましたよね。こんなふうに毎日弄ってたら、先っちょが膨らんでシャツの上からでも目立つようになるかな。ねえ、先生？　授業中でもシャツに乳首が擦れて感じるような身体にしていい？」

「……や、……いやだ……っ」

中臣が乳首を弄りやすいようにシャツの前を開かれているけれど、完全には脱いでいない。スラックスも下着と一緒に膝《ひざ》まで落とされているだけで、学校内での禁じられた淫靡《いんび》な交わりという印象を強める。

中臣のほうはいつも通り、シャツの裾を出し、スラックスの前を開いているだけだ。

そのことが、早川の胸を一層惨めにさせる。

——俺は単なる性欲の捌《は》け口だ。中臣にとって、手頃な玩具のひとつでしかない。

素肌を見せない、触れ合わせないことをつらく思うなんてどうかしていると思うが、遊ばれているだけだという虚しさは日ごとに募り、自分でもどうしていいかわからなくなる。

いっそ、割り切ってしまえればいいのに。

中臣がこんな爛《ただ》れた関係をいつまで続けるつもりか知らないが、来春には彼はここを卒業する。そうすれば、終わりだ。

それまではとにかく醜聞沙汰にならないよう、我慢すればいい。身体を与えることで中臣が満足するなら――多少なりともまともに授業に出てくれるようになるなら、それでいい。

なんの理由もなしに、一生徒に犯されるという屈辱は、けっしてこの胸から消えることはないだろうけれど。

「あ……う……っ、修哉……！」

腰骨をきつく摑んで、中臣が激しく打ちつけてくる。はっ、と深く息を吸い込むのと一緒に性器を扱かれ、彼の手の中で達してしまった。

すぐに、中臣もどろりとした熱の高い滴を早川の最奥に放つ。

息を切らせながらゆるく腰を動かし、最後の一滴まで早川の中に出し切る中臣の執念深さには、眩《め》暈《まい》がしてくる。

頻繁に身体を求めてきて達した後、中臣はこっちが困惑するほど丁寧に後始末してくれる。ハンカチで身体中を拭い、息が整うまで背中を撫でてくれる。

強引な快感だけが欲しいなら、最初の口淫を要求してきたときのように、やさしくするなと言いたかった。

下手な同情を買うような真似はよせとなじりたい。心も身体も中臣を拒否し、憎んでしまえたら、いっそ楽だ。

しかし、今日も中臣は早川の身体を拭い、汗が引くまでの間、ずっとそばに座り、軽く咳き込んでいた。

行為の最中も、いつだって早川を存分に感じさせ、先に達するのを見届けてから中臣も後を追ってくる。

ほんとうの意味での一方的な無理強いをさせるつもりはないのだと知ると、よけいに気持ちの置きどころを見失ってしまう。

憎みたいのに、そうできない。だからといって、即物的に惹かれるほど割り切った性格でもない。

片手で早川の背中をさすりながら、もう片方の手で中臣はくちびるをふさぎ、何度も咳き込んでいる。

――そういえば、喘息持ちだって校医の吉住先生が言ってた。

身体の奥に孕まされた熱っぽさが抜け切れずにマットレスにぼんやり横たわっていたが、中臣の咳は止まらず、だんだんと間隔が短くなっていく。

「……中臣、大丈夫か」

身体を折り曲げて咳を抑え込もうとする中臣の息遣いがひゅうひゅうと苦しげなものであることに気づき、慌てて起き上がった。

「大丈夫、だから、……放って、おいて、いい、から」

言っているそばから激しく咳き込む生徒を放っておくことなんかできない。

「だめだ、保険室に行こう。吉住先生ならおまえの持病について知ってるんだろ」

セックスしているときのふてぶてしさを失い、かすかに頷く中臣をなんとか立ち上がらせ、支えるようにして校舎に戻った。

大きな身体を支えるのは大変だが、中臣は苦しそうに口を閉ざしている。

「ああ、中臣くん。もしかして、また発作が出た？」

保険室に入るなり、白衣を羽織った吉住が、「横になって」と中臣の背中をさすりながら、一番奥のベッドへと誘う。

「ちょっと待ってて。いますぐ、薬出すから」

「喘息に効く薬も保険室にあるんですか？」

「とりあえず軽度の症状に効くものなら。これがもう少しひどくなると、横になることも会話することも難しくなるから、病院に連れていくべきだけどね。……中臣くん、大丈夫？　喋れる？　つらい？」

「……大丈夫、です」

「よし、じゃあ、これ飲んで。ネクタイもゆるめて、少し寝たほうがいい」

吉住の指示に頷き、中臣が錠剤を水で飲み干し、ベッドに横たわる。

聞いているほうも苦しくなるような咳が少しずつ鎮まり、大きく息を吸い込んだ中臣が瞼を閉じるのを見計らって、吉住が、「ちょっと、外に出ましょうか」と言ってきた。

静かな廊下に、ふたりして出た。まだ授業中だけに、遠くから教師の声が響いてくる。

「この半年、中臣くんの発作の頻度が高い気がするんですよね。早川先生、心当たりありますか？」

「いや……詳しいことは、俺も知らなくて」

まさか、自分との秘密の関係が中臣の持病を悪化させているのだろうかと心が冷えたが、実際に彼と関係を持つようになったのは二か月前からだ。

吉住の言葉から察するに、それ以前から中臣の発作はひどくなっているようだ。

「彼、ちゃんと病院に行ってないのかな。あれぐらいの症状だと、定期的に診断を受けないとまずいんですよ。前にも言ったように、喘息はさまざまなアレルギーが原因と言われる他に、ストレスも大きな要因ですから」

「ええ、前に飲んだときも吉住先生、そう言ってました」

吉住は困惑した顔で、腕組みをしながら壁に寄りかかる。

「僕の推測で言うのもなんだけど……中臣くん、家庭内で問題を抱えてるんじゃないかな」

「中臣の家庭で？　そういえば、彼の父親は大学教授でしたね」

「そう、どうもそこが僕としては怪しく思える。たぶん、親子関係がうまくいってないんじゃないかなぁ……。食事も家で取ってないみたいだしね。彼、しょっちゅう授業をサボったり居眠りしてたりするっていうでしょう。あれも、家でちゃんと眠れてない証拠だと思うんですよ。健康診断で栄養失調気味だったこともあったしね」

吉住の指摘はあながちはずれていないようにも思えたから、黙って聞いていた。

アルファの家庭に生まれ育って栄養失調だなんてさすがに信じがたいが。

「アルティメット・クラスを三年間、しかもその中でトップグループに居続けるのって、並大抵のことじゃないでしょう。いくら頭がいいからと言っても、彼らにはまだ未発達な部分があって、感情の制御がうまくできない場面も数多くあると思うんですよ。そのうえ、もし、家族仲がうまくいってないと……」

白衣のポケットに両手を突っ込んで、吉住は気遣わしそうな顔をする。

「僕はちょっと席をはずしますよ。よかったら、早川先生から話をしてもらえませんか。担任の先生相手なら、中臣も話しやすいんじゃないかな。もし、なにかあったら気軽に携帯で呼び出してください。僕、ちょっと早めに昼食食べることにするんで」

「わかりました。……聞いてみます」

気を利かせてくれた吉住に頭を下げ、保険室に戻った。

しんとした室内の一番奥に行くと、中臣は自分の身体を抱き締めるように丸くなって眠っている。

その姿勢が楽で、癖になっているのだろう。

身体ばかり大きくて、いつも横柄なことばかりするくせに、眠っているときだけはまるっきり子どもみたいだ。

発作が治まり、熟睡している顔をのぞき込んだ。

静かに眠る横顔は無邪気で、自分を深いところまで突き落としてくる狂熱は微塵《みじん》も感じられない。

軽く撥《は》ねているうしろ髪を撫《な》でつけてやったが、癖毛らしい。何度撫でても直らないことになんだか苦笑いしてしまう。

中臣がそばにいて、おとなしくしていることはめったにない。だから、早川は黙って寝顔を見つめ続けた。

どうして、中臣は自分に近づいてきたのだろう。触れてきたのだろう。

――どうして、俺は彼を突き放せないんだろう。

始まりが絶句するほどの強引なものだけに、中臣に同情するつもりなどない、と言い切りたいが、年下の彼がクラスメイトの誰ともつるまず、孤独であることをみずから選んでいたあたりが、ずっと気になっていた。

――ずっと、気になっていた。ということは、ずっと意識していたということなのか。数多くいる生徒の中で、中臣だけがなにか違うものを持っていると思っていたのか。

理不尽に身体を奪われているいま、それをどうにか正当化しようとするために後付けの理由はいくらでも生み出せるが、そういう気分でもなかった。

高校時代の同級生にしろ、中臣にしろ、自分のどこかに歪《ゆが》み——隠れオメガの匂いを嗅ぎ分け、ねじ込めると直感を抱いたのだろう。

だが、中臣を心から嫌悪していたら、昔の同級生にふいにのしかかられたときのおぞましさを上回る恐怖感に怯え、大声で喚《わめ》き、感じるどころではなかったはずだ。

『俺が全部忘れさせてあげますよ。若い頃の怖かった記憶をなくしてあげます。俺だけで先生を一杯にしてあげる』

あんな言葉に踊らされているのだろうか。

だが、実際そうだった。中臣の存在が意識を占める時間は日ごとに長くなり、それに比例して過去の記憶はだんだんと薄れていく。

中臣を意識しすぎて、自分で自分の首を絞めているような気分だ。

——身体を奪う過程で、中臣は、心の深いところにまで少しずつ入ってくる。天然なのか、駆け引きがうまいのか、よくわからない。

ただ、出会った当初から中臣が気になっていたことは嘘ではない。

並々ならぬ知能の高さを持ちながらも、バランスを欠いた彼がどんな人物なのか、担任になったときからずっと気に懸かっていた。

友情だけを信じていた高校の同級生相手とはまったく異なる想いが、胸にひそやかに生まれ始めている。

「……おまえはほんとうに天才で、フリークなのかもしれないな」

フリークという言葉が適当でないなら、怪物、モンスターと言い換えてもいいかもしれない。どちらにせよ、普通の人間には手に余る存在だ。

一般レベルを遥かに超える知能を持つひとびとは、確かに存在する。

きっと、中臣の父親もそのひとりかもしれない。

彼らは愚かな者たちと一線を画し、バベルの塔に閉じ籠もって独自の言語を用い、人類の叡智《えいち》を解き明かすことに専念する。

——中臣も、いずれはそういう世界に入っていくんだろうか。いまはまだ俺の教えを請う立場にあるけれど、いつかは手が届かない場所に行くのかもしれない。

寝返りを打ってこちらを向いた中臣の手を、そっと摑んだ。温かみのある手が無意識に握り返してくることに、ちょっと微笑んだ。

一見、完成された大人に見える中臣のどこかにまだ、幼さが残っていることに安堵《あんど》させられた。彼を上手に操りたいなどと思わない。それが自分にできるとも思えない。

ただ、いまのような穏やかな時間が続けばいい。

心からそう願っていた。

中臣の心にある静と動のギャップの激しさに惹かれ、摑んだ手を放したくなかった。

「……せんせい？」

中臣が目を覚ました。いつになく舌足らずなのは起き抜けのせいだろう。

「ごめん、起こしたか」

「うん、いい。……このままでいてよ」

手を引こうとしても、毛布にくるまった中臣は笑ったまま、放してくれない。

白いカーテンを透かして、やわらかな陽射しが室内を満たしている。とても静かだった。

「俺……、また発作起こしたんだね。ごめん、心配しないで。いつものことだし、先生のせいじゃないから」

「病院、行ってないのか。吉住先生が言ってた。おまえぐらいの症状だと、ちゃんと診察を受けるべきだって」

「んー……わかってるけど、面倒でついサボる。一発で効く薬もあるんだけど、アレ使った後ってハンパないぐらいだるくなるんだよ。それより、先生を抱いてるほうが安心できるし、気持ちいいし」

「ばか言うな。放っておいてこじらせたらどうするんだよ」

「最期は死ぬだけだって」

「なに言ってるんだ！」

真剣に怒ろうとしても、手から伝わる温《ぬく》もりがそうさせてくれない。

落ち着いた中臣の表情を慎重に見守り、聞いてみるか、と覚悟を決めた。

「おまえ、お父《とう》さんとうまくいってないのか」

「……なにそれ。誰が言ったんだよ」

「吉住先生が心配しているんだ」

ふてくされた中臣が顔をそむけようとするのを、「話してくれよ」と引き留めた。

「話してどうにかなるの」

「……わからないけど、俺はおまえの担任だし、事情によってはできるかぎりのことをしたいと思ってる」

中臣の家庭事情がどんなものであるか知る前から、軽はずみなことは言えない。だから、言葉を選んだ。

摑んでいた手を何度か握り返し、中臣は目を伏せて微笑む。

「先生、やさしいね。だから、俺みたいな男につけ込まれるんだよ」

「中臣……」

「見る？」

諦めたような目つきをする中臣がゆっくりと上体を起す。

シャツのボタンをはずしていくことに目を瞠ったが、中臣の指差す場所にもっと驚いた。脇腹から腰にかけてに、青と黒、黄色がまだらにくすむ派手な痣《あざ》があった。

「これは一昨日《おととい》の傷。こっちは、もうずいぶん前かな」

スラックスの両裾をまくり上げた中臣のふくらはぎに残る無惨な引きつれや、二の腕の内側に残る火傷の痕に声を失った。

「背中はもっと醜いから、いまはまだ見せられない」

「中臣……まさか、これ……」

「俺の親父は素晴らしい頭脳を持っていて、息子の俺にも同等のものを求めてくるんだよ。その期待に応えられないと、こうなるわけ」

家庭内虐待の陰惨な印に、言葉が出なかった。彼がどんなときでも服を脱がない理由が、これでわかった。

見せたくなかったのだ。身体のそこかしこに刻まれた親の暴力の痕を。

「――うちの両親は俺が幼い頃に離婚したんだ。俺は親父に引き取られて、徹底した英才教育を受けてきた。なんせ、相手は現役の大学教授だからね。ハンパない教え方で、成績が少しでも下がろうもんなら、拳《こぶし》や蹴りが飛んでくるのは日常茶飯事だった。まあでも、ここ数年は俺も互角に育ったから、そう簡単にやられないけどね。一昨日は、ちょっと油断してうっかり蹴られた」

「うっかり、って……そんな……」

「膝の傷はビール瓶を叩きつけられた痕。このときは結構ひどくて、病院に運ばれたよ。『自分で階段から落ちたことにしろ』って言い含められてね」

立てた膝に頬をもたせかけた中臣は口元をゆるめるが、少しも笑えない。

「こういう傷があちこちにあるんだ。親父、柔道の黒帯を持っているうえに、酒癖が悪くてさ。まあ、大学教授ってのも大変なんでしょう」

想像を超えた告白に、色濃く残る痣を呆然と見つめるしかなかった。

目の届かないところで、中臣は実の親に蹴られ、殴られていたのだ。

「それともうひとつ」

楽しい歌をうたうような口ぶりで、中臣が言う。

「俺――ほんとうはオメガなんだよね」

「……え？」

「十歳のときの血液検査でオメガだって判定を受けてるんだよ。うち、アルファ同士の両親だったから、親父も信じられなかったみたいだね。でもいろいろ調べていくうちに、別れた母親の曾《そう》祖母がオメガってことがわかった。どうもその血を受け継いだらしいんだ」

「そんな――」

「信じられない、だろ？　それは親父も同じだったらしくて、とにかくありとあらゆるコネと金を使ってこの事実を伏せた。そして俺のオメガの記録をアルファに書き換えた。だから、いま俺は陽早高校にいるわけだ」

「でも……だったら発情期は……」

自分が正真正銘のオメガだから、わかることがある。

発情期が訪れたときのつらさは口にできるものではない。それを、中臣も体験してきたのだろうか。

「俺にも発情期はあるけど、幸い、軽度なんだよ。そこはアルファの親父の血が強かったのかもしれない。いまのところ抑制剤も飲んでるけど、……まあなんていうか、それと咳止めの相性が悪くて、たまにひどい発作を起こすんだ」

さらりと言う中臣はやさしく手を摑んでくる。

「なんで先生にここまで惹かれるか、わかってる？　俺はわかってるよ。先生がうちに就任したときからわかってた。先生は俺の運命の番《つがい》だよ」

運命の番。

オメガに生まれてきたら、当然知っている知識のひとつだ。施設にいれば教師から教わる出来事なのだが、偽のアルファとして育てられてきた早川は、十二歳のときにかかりつけの医師に聞いた。

個体数が少ないアルファとオメガはそもそも住む世界が違うのでめったにめぐり会わないが、神様の悪戯とでも言うべき運命が働き、一目で惹かれ合うことがあると言う。

目と目が合った瞬間、その相手だけが持つ匂いを瞬時に嗅ぎ分け、他の者はもう視界に入らない。

それが、アルファとオメガを結びつける運命の番という関係性だ。

ごく稀にしか生まれない関係だけに、御伽噺《おとぎばなし》のようなものだと思っていたが、ほんとうにあるのか。

特定のアルファの番になったオメガは、その瞬間からフェロモンを周囲に撒き散らすことがなくなり、運命の相手だけにわかる香りを発するようになる。その関係――契約は互いに死ぬまで続く。

これは美しい例なのだが、もっと獣性的な関係として、気に入ったオメガのうなじを強く噛んでアルファが強引に運命の番に持ち込む方法もある。

合意の上もあるが、無理やり噛まれるオメガもいると聞く。なにしろ、オメガの持つ妖艶《ようえん》な美しさには誰も抗えない。

さらに悲しいことには、すべての権利はアルファにあるということだ。

番に飽きたアルファが運命の契約を一方的に解除してオメガを放り出し、べつの相手を求めるケースもある。

アルファは神様に愛された存在だからそんなことも許されるが、虐げられるために生まれてきたオメガに自由はない。

捨てられたら最後、もう二度と死ぬまで誰とも添い遂げられず、一生ひとりで発情し続けることになる。

そんな不憫《ふびん》なオメガの行く末は施設に押し込められるか、誰かの玩具になるか、地下にひっそり身を潜めるかだ。

そんな話を聞いて育ってきた早川だから、運命の番だと中臣に言われてもとまどってしまう。

もし彼がほんとうにオメガだったとしても、相手を間違えている。だって、自分は偽アルファなのだから。

ただの若い思い込みで、勘違いを引き起こしているのだろう。

どんなに頭がいい中臣でも家庭内トラブルで動揺することがあり、ほんとうはアルファではない早川を番だと思い込んでしまっているのだろう。

恋愛を逃げ場としているのかもしれない。

そう思うのだが、諫めることはできなかった。

中臣の話を信じるとするならば心を寄せることはあれど、突き放すことは絶対にできない。

暴力を受けてきたオメガなのに、外ではアルファとしての仮面をかぶらなければいけないなんて許されるべきことではない。

彼と同じ悲しみが、胸にあった。

たとえ家族でもアルファ、ベータ、オメガとしての立場があり、穏和なベータならともかく、権威のあるアルファはただならぬ圧力を発する。

父親にアルファとして装うようにと命じられてきた早川は、中臣の胸中を推し量る。きっと、ひどくつらかっただろう。

大学教授としてのストレスを発散するために暴力を振るわれていただけではなく、オメガとして生まれたものの出自を隠され、いままでアルファとして生かされてきたのだ。

「中臣……」

言えるものなら、「俺も同じなんだよ」と言いたかった。

おまえと同じ、オメガなんだと。

だけど、彼の負担になってしまったらという大人の考えが冷ややかに働いて口が動かない。中臣とて自分の未来を決定づけてしまう重要事項だから、ほんとうにほんとうにいまのいままで誰にも黙っていたのだろうと思う。

癒《い》えない傷を見せてくれたのをきっかけに、早川にだけは明かしてくれたのかもしれない。このまま黙っているつもりはないが、とにかく、中臣を守りたい気持ちが強い。

見た目にはすっかり大人の男と見まごうが、実際は未成年で、社会的には弱い立場だ。

血の気の多い父親を持っているならなおさらだろう。

どうすれば、彼を救い出せるだろう。

運命の番という夢のような言葉に簡単に頷いてしまったら中臣の将来を狂わせてしまうから、いまは言明を避けたい。だいたい、自分はアルファではないのだし。

オメガ同士で結ばれ、平穏に暮らしていくケースもないわけではないのだが、やはりごく少数だ。大人の自分ならともかく、中臣にこれ以上ストレスを味わわせたくなかった。

シャツを羽織り直す中臣の背中を、そっとさすった。中臣は驚いた顔をしているが、されるがままだ。

——俺のことを無理やり抱いたのは、腹いせだったのか。なのに、いたわるような手つきで後始末してくれたのは、自分が受けた傷の痛みを忘れられなかったからなのか。それとも、ほんとうに運命の番だと誤解して？

何度も身体を重ねてきたのに、一度たりとも中臣が素肌を晒さなかったことで、彼の言葉は真実味を増していく。

「……吉住先生が、食事も家で取ってないようだって、言ってた……」

「家政婦の料理はまずくないけど、十年以上も食ってりゃ飽きるでしょう。あのクソつまんない家でひとりメシを食うぐらいなら、学校の帰りにコンビニかファストフードに寄ったほうがましだよ」

「でも、それじゃ栄養が偏るだろ。……今度、腹が減ったらうちに来い。俺が作る料理も上手だとは言えないけど、一応、そこそこできるから」

「ふふ、先生、あんまり期待させるようなこと言わないで」

中臣が楽しそうに笑い声を立てた。

「そういうつもりじゃない……けど」

だけど、満身創痍《まんしんそうい》の中臣がひとりで黙々と食事している場面を思い描いたら、耐えられなかった。

いままでに、どれぐらい蹴られてきたのだろう。これから、どれぐらい殴られるのだろう。中臣が親元にいるかぎり、暴力は避けられないのかもしれない。

担任教師の意地を懸けて、なんとしてでも食い止めたかった。

相手がどんなに有名大学の教授だとしても、酔った勢いで自分の子どもに手をあげるなど言語道断だ。

体罰を超えた虐待の実体を目の当たりにして、黙っていることはできない。

「俺は親父の自慢の息子になるべく、偽のアルファとして成績を上げることだけを要求されてきた。ま、オメガ判定を受けたにしちゃ体力もあったし、悪知恵も回るほうだったしね。ついでに、そうそうばかじゃなかったからさ。中学の頃にね、ちょっと道を踏みはずしかけて悪い遊びにはまったこともあって、いろんな奴と寝たけど、誰とも満足できなかった。俺は醜くて、誰にも好きになってもらえないと思ってた。——でも、早川先生は違う」

「どんなところが……その、番……だからか」

「そうだって認めてくれたら最高に嬉しいけどね。その前にも理由がある。アルティメット・クラスの担任として最初に挨拶したときのこと、覚えてる？　俺の顔をちゃんと見てくれたでしょう。俺の目を見ながら、名前を呼んでくれたでしょう。中臣修哉、って……あの声、すごく好きだった」

「そんなの、……ひととして当たり前の行為じゃないか。初対面の奴の顔を見て、名前を呼ぶのは対人関係の基本だろう」

「そう思わない奴もいるんだよ、先生。俺がいままでに出会ってきた奴らの大半は、俺の親父や俺の頭のよさを恐れて、視線を逸《そ》らす。名前を呼ぶときだっていちいちびくつく。だいたい、親父にさえ、ろくに名前を呼ばれたことがないからね。たいていは、『おまえ』か『このばか』呼ばわりだから——俺に、修哉って名前があることを思い出させてくれたのは、早川先生だけだよ」

　中臣が顔を近づけてくる。

　くちびるが触れそうな距離で微笑むたかだか十七歳の男の目の奥に仄暗い深淵《しんえん》を見出《みいだ》し、早川は身じろぎすることもできなかった。

「オメガだろうとなんだろうと俺が本気を出せば、親父を軽々超えることができる。ほんとうだよ。あいつなんかよりずっといい成績が出せる。親父はそれを期待する反面、恐れてるんだ。自分の息子に追い越されてたまるかって内心歯噛みしてるんだ。だから、俺の成績がよくても悪くてもあいつは俺に暴力をふるうんだよ。そうしないと、あいつ自身の存在意義が壊れるから」

彼の心に巣くう暗黒はあまりにも根深い。

悪戯に手を出せば、彼はさらに痛手を負い、自分もまた、無事ではいられない気がする。だからといって、いまさらなにも見なかったふりをすることはできない。

——俺はそこまで臆病じゃない。卑怯《ひきょう》な人間じゃないと俺自身を信じたい。誰にも言えない傷を抱えて孤立している中臣を、俺が救えなかったらどうするんだ？　なんのために教師をやっているんだ？

発展途上にある若者たちにさまざまな知識を与え、成長をうながすことだけが教育ではない。専門のカウンセラーではないけれど、生徒の心のほころびを見つけたら、なにがしかの手を打つのも教師の仕事のひとつだ。

すべての生徒に対して同じことができるかと聞かれたら、迷うだろう。だが、目の前にいる中臣はなんとしてでも救いたい。

「早川先生だけは、俺をまともに視界に入れてくれるひとだと思った。だから」

「……だから、得意の現国のテストを白紙で出し続けたのか」

「そう。先生の気をどうしても惹きたかったから。俺の名前を忘れてほしくなかったから、名前だけはちゃんと毎回書いた」

幼稚な言葉を笑い飛ばしたかったが、胸が痛くてたまらない。

うつむき、中臣の指をもう一度摑んだ。

目頭が熱くなるが、泣くのはなんとか堪《こら》えた。

中臣が抱える問題の切れ端を摑んだばかりで、いまはまだ簡単に泣く場面ではない。

ありふれた愛情の欠片も知らずに生きてきたから、中臣は誰もが目を瞠る天才であるかたわら、このうえなく歪んだ存在として育ってきたのだ。

こんなにもバランスの悪い男は見たことがない。

平均的な愛情の受け止め方も与え方もまったく知らないのだろう。

「ま、こんなこと言ってるのも来春までだから。俺が卒業するまでの安定剤として、お願いだから先生はおとなしく俺の言いなりになってよ。めちゃくちゃなことを言ってるのは自分でもわかってる。でも俺ね、いま、先生を誰かに取り上げられたら、もうべつに死んでもいいと思ってる」

「馬鹿言うな、そういうことを簡単に言うな」

「だって、ほんとうのことだよ。いまの俺は先生だけが生き甲斐だし」

どこまで冗談なのかわからないことを言う中臣をもう一度叱《しか》ろうとしたが、発作を起こしたばかりだったと思い直し、「もう少し寝ていなさい」と呟いた。

「先生、そばにいてくれる？」

「ああ」

「俺が起きるまでいてくれる？」

「ああ、……いるよ」

どうでもいいやり取りを交わした最後に、中臣はのんきにあくびをしてまた眠る。

——中臣は、たった十七歳だ。だから、生きることにもさほど執心を持たずに、「死ぬ」という言葉を当たり前に日常に持ち込んでいるのかもしれない。

すう、と引き込まれるような寝息を立てる中臣の手を両手でくるみ込み、額に押し当てうつむいた。

死を軽々しく口にする中臣を責められなかった。

どれだけ見映えのいい家に住もうとも、パーフェクトな家事をこなす家政婦がいようとも、出自を偽られたうえに人格を無視され、成績の出来不出来だけで父親に殴られ蹴られてきた人生を生き抜けというほうが、よほど酷だという気もする。

父親はアルファの貿易会社社長、母親はその立場に魅入られた専業主婦のオメガという家庭で育った早川は、中臣と同じように生まれを歪まされてきたが、暴力は受けてこなかった。

ただ、父親にいつも冷ややかに見られ、途方もない財力を与えられた母親は自分を着飾り、少しでもアルファの世界に近づけるようにと必死だったうえ、早川がオメガだということに失望して、ほと

んど捨て置かれてきた。

たいていのことは家政婦がこなしてきてくれたのだ。幼い頃の早川に服を着させるのも、食事をさせるのも、家政婦の役目だった。

母は美しいひとだが、アルファの父を手にするためになんでもした。そして、広々とした邸宅や数々の煌《きら》めく宝石たちを手にした代わりに、ひととして当たり前にある愛情を失った。

そんな母親を責めることはできない。食事をさせてもらい、洗濯もしてもらい、大人になるまで一応育ててもらったのだから。

振り返れば、無味乾燥な日々が蘇る。それでも、「拓生」と呼ばれて育ってきた。ちゃんと名前を与えられていた。

——だから、初めて顔を合わせた他人にさほど恐れを持たず、名前を呼ぶことができたんだ。俺はなんとかそういうふうに育ってきたんだ。

中臣にはたぶんなにもないのだろう。身体に残る憎しみ、痣や、薄く残る傷痕以外はなにも。

修哉、と低い声で呼んだ。答えはない。

教師として、なにができるだろう。自分というちっぽけな存在が、中臣の役に立てるだろうか。彼が抱えてきた孤独や痛みを受け止めることができるだろうか。

「……修哉」

ごつごつした温かみのある手を握りながら、早川は深く眠る年下の男の顔を長いこと見つめていた。

話を聞いた以上、ひとりで思い悩んでいるわけにもいかない。

中臣の父親に会わなければ。

一刻も早く。


誰もが知る有名大学の教授として名を馳《は》せる中臣の父親と直接顔を合わせる機会は、意外にも早くやってきた。

夏休みまで一週間を切った放課後、オーダーメイドらしい極上の紺《こん》のスーツに身を包んだ長身の男性が大きな歩幅で教員室に顔を現した瞬間、その場に居合わせた教師がいっせいに立ち上がって挨拶し、すぐに奥の部屋からも校長や教頭が駆けつけてきた。

「これはこれは中臣教授、お暑い中わざわざご足労いただきましてありがとうございます」

息子の中臣も呼ばれて同席する前で、校長は卑屈なまでに頭を下げ、「どうぞ、こちらへ」と教員室の片隅にある応接室へと誘う。

中臣をもっと大人に、そして渋くしたような文句なしの上等なアルファだ。

中臣の精悍で雄々しい相貌《そうぼう》は父親譲りなのだろう。

だが、よく見ると目尻が少し違う。父親は厳しく吊り上がっているが、中臣はほんの少しだけやさしく垂れている。

そんな些細な違いに気づくほど、いまの早川は中臣に心を寄せていた。

教師としていけない感情だということは重々承知している。

橘玲子という恋人だっているのに。

だが、彼から「運命の番だ」と告げられた瞬間から胸の中の振り子は中臣のほうに大きく、強く揺れている。

彼の担当教師として、早川も応接室に呼ばれた。

「中臣教授ほどのお立場になれば、学会やらなにやらでお忙しいでしょう。次期学長とのお噂も耳にしております」

「いいえ、まだまだ早い。私としては今後数年、続けていきたい研究材料がありますからね。学長になるのは、存分に学問の道を究めた後でも遅くありませんよ」

「まさに、中臣教授のおっしゃるとおりです」

普段は厳格な校長や教頭がみっともないほどに媚《こ》びへつらう場面で、中臣自身はまったくの無表情を貫いていた。

普通の目で見れば、中臣の父親は大学教授という立場にふさわしい貫禄を持った人物だろうが、その隣に座る息子が頑《かたく》なに口を閉ざしていることに、誰も疑問を持たないのか。

——このふたりは、普通の親子じゃない。なにかがおかしい。

早川だけが、その秘密を知っている。

中臣の沈黙の理由を。その広い背中にある無数の傷を。

「ところで、うちの息子はアルティメットでうまくやっていますか？　前期は現国でずいぶん苦戦したようだが」

「いえ、それはもう中臣教授のご子息ですから、すぐに挽回《ばんかい》いたしましたよ。後期は間違いなく、アルティメットのトップになるでしょう」

「ならば、よろしい」

ちらりと微笑んだ中臣の父親の目に、かすかな苛立ちを感じたのは気のせいか。

息子が褒められて気をよくするのが当然だろうに、中臣の父親が持つ威圧感は、――自分を追い越す者はたとえ息子だろうと容赦しない――そんな剣呑としたものがあった。

中臣自身が過去に言っていた。

『俺の成績がよくても悪くてもあいつは俺に暴力をふるうんだよ。そうしないと、あいつ自身の存在意義が壊れるから』

襟元まできちんとボタンを留めてうつむく中臣は、いまも身体のどこかに新しい痣を隠し持っているのか。

父親の隣にいると、彼らしい生気が薄くなることも気に懸かった。

目はうつろで、息を潜めている。父親と同じ空気を吸いたくないかのように。

「私の一粒種として、恥ずかしい成績を残させたくはありません。そのへんは、教師の皆さんに期待していますよ」

「もちろんです、教授のご希望に沿うようにいたします」

「よろしい。今後の寄付金や、大学に関しての相談がありましたら、いつでもご相談ください。私は次の約束があるので、これで」

傲然《ごうぜん》とした言葉に意識がにわかに沸騰し、並み居る教師をかき分け、早川は一歩前に踏み出していた。

「少々お待ち頂けませんか。中臣くんの担任教師として伺いたいことがあります」

「きみは？　……ああ、そうか。三年のアルティメットを五月から引き継いだ早川先生でしたか。いまはうちの息子の担任ですな」

教師の名前は把握していても、自分の息子の名前はろくに呼ばないのか。渦巻く怒りが、そのまま鋭い言葉になって飛び出た。

「中臣くんの成績が抜群であることは担任の私自身が保証します。しかし……」

気配を感じてちらりと中臣を見ると、彼にしてはめずらしく焦った顔だ。

『やめとけ』

そう言いたいのだろう。校長たちもいる場で虐待の事実を明かすかどうか、つかの間迷う。

本来ならば、一切合切を明るみに出してしまったほうがいいはずだ。

だが、同時に中臣につらい思いをさせるだろう。恥ずかしい思いをさせるかもしれない。

成長途中にある男子高校生が自分の父親に足蹴にされているなんて、普通は言えないだろうと思う。

中臣の父とて馬鹿ではない。もしここで早川が爆弾発言をしても、易々《やすやす》と認めるわけがない。

その肩書き故《ゆえ》に、そのつまらない意地のために。

校長たちは中臣の父の肩を持つだろうと考えられるから、ここはうまく立ち回らなければ。

「――中臣くんは、うちのクラスでもっとも優秀で、身体能力も抜群です」

「男子はそうあるべきだな。私も学生の頃は足が速かったんだ」

息子を褒めたいのに、中臣の父はするりと自分の自慢にすり替える。

そういうところがいちいち頭に来るが、中臣はとうに諦めているようで、なにも言わない。

「そう……、なんですよ。きっとお父様の血を濃く受け継いでらっしゃるんですよ。中臣くんは素晴らしい生徒です。アルファだとか、ベータだとかオメガだとか以前に、ひとりの人間として立派です」

意味深な言葉に中臣の父は不審そうだ。そして、わずかに苛立ちを面に浮かべた。

中臣がほんとうはオメガであって、アルファの仮面をつけている事実を知っているのは彼の父と、そして自分。

ほんとうだったら声を大にして言ってやりたい。「オメガだろうとも中臣は誰よりも立派だ」と。

だがそれも中臣の立場を台無しにしてしまうから、言うことはできない。

早川は瞬時ににこりと笑い、「もしよければ」と誘い出た。

「中庭を散歩しながら少しお話しませんか。なあ、中臣、お父様に校内を案内してみないか」

「先生……？」

なにを言っているんだという顔の中臣に、早川は目配《めくば》せする。

校長たちはなにも言わない。いつもだったら口を挟んでくる池田主任すら黙り込んでいる。権力のある中臣の父親に圧《お》されているのか。

大丈夫だ、おまえを傷つけることは絶対にしない。

不測の事態を考えて、彼らの目を盗み、早川は自分の机の抽斗《ひきだし》から小型のＩＣレコーダーを取り出してスラックスのポケットに入れる。

最近は生徒の親と話す際、ああ言ったこう言ったという水掛け論が後々になって起こることがあるので、教師の誰もが自衛のためにレコーダーで会話を記録しているのだ。

嫌な時代になったなと思うが、致し方ない。

とまどう中臣を背後につかせ早川は真ん中に立ち、彼の父を先頭に歩かせて校長たちに挨拶をして応接室を出た。

「――私はこのあと予定があるんだが」

「そうお手間は取らせません」

生徒たちが帰っていったあとの中庭は閑散としていて、自分たちの三人きりだ。

早川はスラックスのポケットに手を入れ、そっとＩＣレコーダーのスイッチをオンにした。

「ご子息はほんとうによく頑張っています。三年間アルティメットにいるというのは陽早高校始まって以来の快挙だと僕も聞いています」

「私の血をよく受け継いだようだな」

違う、中臣は中臣自身の才能を生かし切ったのだ。

我が子に暴力をふるう親の血など引いてたまるか。そう言いたいが、肩越しに見える中臣の不安そうな顔に心が揺らぐ。

「お父様はほんとうにご自分の手柄とお考えですか？」

「……なにが言いたい」

さしもの父親も、早川の剣呑な声に顔を顰めた。

「中臣くんは、――暴力を受けています。先に言っておきますが、校内でのことではありません。学校帰りにどこかで喧嘩をしているということでもありません」

父親の顔がぎくりと強張り、青ざめる。

そのことで察した。

たぶんきっと、父親は中臣を散々蹴ったり殴ったりしたあとに、『このことは黙っていろ。誰にも言うな』と固く口止めしていたのだろう。

だから、目立つ場所には傷をつけていない。顔や手といった表に出る部分は避けて、背中や腰といった服に隠れるところを重点的に嬲ったのだ。

その卑劣さに息が詰まりそうだ。

一流の服に身を包みながらも、その根性は腐っている。

なにが大学教授だ。なにが父親だ。

たったひとりの息子を守るどころか、鬱憤の捌け口にしているなんて最低だ。

「成績の出来不出来を問う前に、彼が長年にわたって不当な虐待を受けている事実をお父様ならばご存知ですよね。僕が考えるに、家庭内で行われているのではないかと」

いきなりの斬《き》り込みに、中臣も、中臣の父親も目を瞠った。

三人の間に流れる空気が凍り付き、誰も言葉を発しない。

「なにを――ばかなことを。どこにそんな証拠があるというんだ」

「僕は、見ました。彼の身体中に残る傷を。中臣くんがひどいストレスに晒されて喘息を煩っていることだってご存じないのですか？」

「私は仕事で忙しいんだ。その程度のことで騒ぐほどではない。だいたいかかりつけの医師からもなにも聞いてない。あんたの勘違いだろう」

「いいえ。校医も中臣くんの喘息を認めています。ときには授業に支障をきたすほどのひどい症状に苛まれると。百歩譲って喘息は生まれつきの病だとしても、身体の傷は日々植え付けられたものです。お父様、あなたの癇癪《かんしゃく》によって」

急に父親の目尻が吊り上がった。

凶悪に。その形相に、虐待の事実はあったのだと確信した。

紳士然としていた父親の仮面が剝ぎ取られ、エゴイスティックな素顔を目の当たりにしたとき、早川ははっと思い当たった。

中臣の父親が息子に手をあげている事実を、校長も教頭も、主任教師の池田もその腰巾着たちも、それとなく勘づいていたのだ。

そのうえで、誰ひとり力になろうとしなかった。

中臣の父親が持つ肩書きを恐れるあまりに、過酷な現実から目をそむけてきたのだ。

その証拠に、いつも中臣に厳しい言葉を吐いてきた池田主任すら気まずそうな顔でなにも言わなかったではないか。泥をかぶるなら早川ひとりで、という意思だったのだろう。

誰も中臣の味方になろうとせず、ただ見た目だけを取り繕うことに必死になっていた。

まるで中臣をトロフィーのように考え、学校の威信のため、評判を上げるためにおだててきただけだ。彼がほんとうはなにを考えているか、思い悩んでいるか、知ろうともせずに。

「中臣くんは——ほんとうは、オメガなのですよね」

「……ッ」

今度こそ、父親が鬼のような顔をする。

とうとう秘密を暴いてしまった。優秀なアルファとしての父親からオメガの子どもを生み出したことを、早川は明るみに引きずり出した。

余計なことを言うな、といまにも中臣に止められるかと思ったが、ふと彼を見ると放心していた。早川と視線が合うと、目に光を取り戻し、かすかに顎を引く。

——言ってくれて、ありがとう。

そんな表情をしていたから、早川は息を吸い込んで父親に立ち向かった。

「オメガだということは特別表に出すことではないかと思われます。ですが、実の父親による虐待の事実には黙っていることはできません。これ以上もし中臣くんに危害を加えるようなら警察に……」

一瞬父親はうろたえ、すかさず手を振り上げた。

「生意気を言うな！」

突然、早川は分厚い掌で頬を強く張られてよろめいた。

「先生！」

慌てて中臣が駆け寄って支えてくれる。そしてぎらりとした目を父親に向け、唸る。

「……いい加減にしろ。俺だけじゃ満足できないのか、あんた、誰にでも手をあげるような獣か？」

「おまえは黙っていろ。オメガが……オメガごときのおまえがアルファの私に刃向かうな。虫唾《むしず》が走る。——いいか、これ以上私に恥をかかせるんじゃない。おまえは一生私の言うことを聞いていればいいんだ」

それだけ言って、父親はくるりと背を向けてその場を足早に去っていった。

叩かれた頬がじんじんと熱いが、胸の鼓動のほうが強くて気にならない。

「ごめん、先生、ほんとうにごめん、大丈夫か」

中臣が肩を摑んで顔をのぞき込んでくるので、無理やり笑う。そして、スラックスのポケットからICレコーダーを取り出した。

「なにそれ」

「いまの会話をずっと記録していたんだ。もしものことがあったら、これが抑止力になる。オメガだろうと人権はあるんだ。さっきのお父さんの発言は倫理的にも問題がある。しかるべき機関にさっきの発言を聞かせたら大騒ぎになるだろうな」

「あんた……」

はあ、と中臣はため息をついて早川の肩に顔を埋《うず》めてきた。

「怖いことするよな……あと少しで親父を殴りそうだった……」

それから頰に手をそっとすべらせてくる。中臣のほうがつらそうな顔だ。

「痛かっただろう。ごめん」

「大丈夫だって。あんなのおまえが受けている暴力に比べたらどうってことない」

「そういうことじゃない。俺は……」

中臣がぐっと腰を抱き寄せてきた。

中庭のど真ん中で教師と生徒が抱き合う姿を誰かに見られたりしないだろうか。

一抹の不安がこみ上げるが、逃げたくない。中臣と正面から向き合いたかった。

「どうして俺を守ろうとしてくれるの？　俺は、先生を犯す男だよ。卒業までだけど。痛い思いをさせないって約束も守るし」

「中臣！　俺が言いたいのは……」

そういうことじゃない、と言う前にくちびるを人差し指でふさがれ、やさしくくちづけられた。甘く、ついばむように角度を変えて、何度も。

情熱がほとばしるいつものキスとはまったく違うのに、胸の昂りはひどくなる一方だ。

「あまりやさしくしないでいいよ。期待するのは面倒だし。俺、つけ上がる性格だって先生もよく知ってるでしょう。……こうしてくれるだけでいい。触らせてくれるだけでいいから。他の奴には触らせないで。卒業までは、俺のものだけでいてくださいよ」

計算高さと無邪気さが絶妙に入り混ざっている言葉に、目元が熱く潤む。

「これでも一応、卒業後の計画は立ててあるんだ。俺は大学合格とともに家を出る。こっそりデイトレーダーの仕事で稼いでるし、資金はあるんだ。なんだったらそのままデイトレで暮らしていけるぐらいの能力も金もあるから、いますぐ出てもいいんだけど、まあなんていうか、体裁もあるしね」

素直になれないのは、中臣自身が何度も他人に裏切られてきたせいだ。力ずくで奪うやり方しか知らないのは、自分がそう育てられてきたからだ。

確かに中臣ぐらいの知能があれば、デイトレーダーとして多額の金を難なく稼ぐことは簡単だろう。飲み込みが早いし、刻々と変化する状況を見定める判断力にも優れている。高校生という枷《かせ》がなけれ

ば、いますぐにでも彼はどこにでも飛び立てるのだ。そのことが、たとえほんとうはオメガだったとしても、アルファの父の血をいくらか引いているのだと思わせる。ここぞというときの潔い決断力はアルファらしい特徴だ。

気をゆるめれば涙が溢れ出しそうな目尻にも、中臣はやさしいキスを落としてくる。

髪をくしゃくしゃと摑んで頬擦りし、愛おしむような仕草に嘘はなかった。

「……中臣……」

「大丈夫。約束は守るほうだから。この関係は卒業まで。だから、先生も俺だけにしてくださいね。それから……ありがとう。今日のことは忘れない」

甘苦しい言葉の数々が鋭い棘《とげ》となって胸をつつき出す頃になって、ようやく中臣が身体を離し、「じゃあ、また」と横顔で笑いながら立ち去っていく。

彼の後を追うことができず、早川はきりきりと痛み出した胸を鷲摑《わしづか》みにしてしゃがみ込んだ。

卒業まで、と彼のほうからきっぱりと区切りをつけてきたことに、こんなにも動揺するとは。

――本来、それが正しいはずだ。中臣はいずれかならず、この学校を去る。それまで我慢すればいいと、いつかの俺自身がそう思っていた。

教師と生徒が不埒《ふらち》な関係に陥っているともしもバレたら、それこそ一発で懲戒免職、教員免許を剝《はく》奪《だつ》されかねない。

しかも、相手は大学教授を父親に持つ中臣だ。

もしも事態があきらかになったとき、いくら中臣のほうから無理やり手を出してきたのだと抗弁しても、周囲は信じないだろう。

男同士でも、未成年者に手を出せば淫行罪で捕まる。中臣の父親を敵に回せば、謹慎処分ではすまず、そのまま教壇を追われるだろう。

中臣を救いたいという想いが自分の進退を危うくする。

もともと、彼の気まぐれで始まった関係だ。

中臣の言うとおり、このまま黙って卒業まで秘密の関係を続ければいい——と本気で思えていたら、こんなにも苦しんでいない。もっと初期の段階から、割り切っていたはずだ。

たとえ身体を踏みしだかれたという事実が消せないとしても、結局は感じたじゃないか、自分だって初めて男と寝ていい思いをしたじゃないかとうそぶくことができていたら、自分という人間はここにいま、いない。

「……中臣……」

こみ上げる涙を堪えるために、くちびるをきつく噛み締めた。

あんなにも強引に抱かれたくせに中臣を好きになったのか。

そうだ。好きになったのだ。

目が離せなくて、彼の父親に殴られても守りたかったのだ。

自分がアルファの仮面をかぶるオメガということも言いたかったけれど、その時間はさすがになかったことを悔いる。

もっとちゃんといろいろ考えて、中臣を安全で静かな場所に連れていき、互いのことを深く話し合いたい。

だが、「卒業まで」という括《くく》りのもとに身体を重ねてくる中臣が、そこまで求めているかどうか。彼にしてみたら、これはつかの間の遊戯に過ぎないかもしれないのだ。

自分だけが一方的に思い込んでしまっている可能性もある。

好きになったほうが負け。より強い力に引きずられたほうが負け。

長いため息をつき、ひとりになった早川は中庭の隅にあるベンチに腰かける。まだ空は明るく、夏のじわりと熱い空気を孕んでいる。

ＩＣレコーダーを取り出して再生してみると、鮮明に記録されていた。中臣の父親の声もはっきりとしていて、誰が誰だかきちんと判別できる。

これを脅迫の材料に使うことはしない。

いわば、お守りのようなものだ。

中臣がこれ以上殴られないためにも、自分という第三者が事実関係を把握しているのだということを彼の父親に知ってほしかったのだ。

自分にはまったく手に負えない知能を持つ、アンバランスな年下の男を想ってどうなる。

ちくちくする目元を乱暴に擦り、早川は不甲斐ない自分をなじり続けた。

しかし、自己憐憫《れんびん》に浸っていられたのもつかの間だ。胸ポケットに入れていたスマホが鳴り出し、急いで出てみると、玲子だ。

『明日の夕飯の約束、覚えてる？』

「あ、……ああ、うん、覚えてる」

急速に現実に引き戻された。

そうだ、明日の晩は久しぶりに玲子と食事をともにするのだと約束したことを思い出した。

『最近の早川くんってなんか忘れっぽくて、いまいち信用できないのよね。明日はほんとうに大丈夫なの？』

「……ああ、大丈夫」

歯に衣《きぬ》着せぬ言い方が男勝りな玲子のいいところだと思っていたが、混沌《こんとん》とするいまの状態では鋭い言葉に追い立てられるような気分で、短めに電話を切った。

彼女には罪ひとつない。

学生時代からのつき合いで、互いの好みも把握しているし、教職としても話が通じる。

――でも、玲子は結婚したがっていた。現状から逃げたがっている。教師という仕事に疲れたんだろうか。家庭に入りたいんだろうか。穏やかな生活で、子どもを生み、育てていきたいんだろうか。

ぼんやり考えながらベンチを立って、歩き出す。雲ひとつない、突き抜けるような夏空が頭上に広がっている。蝉《せみ》が鳴き、大木が黒々とした影を落とす。今年も暑い夏になりそうだ。

早川は、揺れていた。

玲子との未来を選べば、誰からも祝福される幸せな人生が送れるだろう。

だが、もうひとつの可能性があることをいまの自分は知っている。その可能性はハイリスクで、いつどんな形で壊れるか想像もつかない。

――俺はどうすればいい？

平穏よりも、あえて、困難が多く待ち受ける未来を選び取ろうとしている勝手極まりない心の動きに、とまどっていた。

中臣と会いさえしなければ。

中臣修哉、と彼の名前を呼んでいなければ、目にしている現実はまったく違うものになっていたはずなのに、心の中に置かれた天秤《てんびん》は危なっかしいバランスだ。

瞼を閉じて深呼吸し、もう一度目を開けた。

過去の痛みはとうに消え、中臣だけが胸に棲《す》んでいる。

あるがままの空の青が胸に痛い。

自分に嘘をつくことが、一番罪深いと気づいた瞬間だ。

翌日の授業では、慎重に中臣との接触を避けた。

昨日、彼の父親と言い争ったばかりだというのもあるし、自分は自分で、決心していることがある。

それを見破られないためにも、いつにも増して平静を装った。

夏休みがすぐそこまで近づいているせいか、一日あたりの授業数が少なくなり、学校全体がどことなく浮かれた雰囲気だ。

だが、大学受験を目前に控えたアルティメット・クラスでは通常と変わらず、昼過ぎまで濃密な授業をこなして解散した。

早川も手早く帰り支度を調えた。玲子との約束は五時。

『ちょっと早めじゃない？』と玲子に不審がられたが、互いに授業が早めに終わることがわかっていたので、最終的には納得してくれた。

落ち合うレストランは、学校から離れた場所の繁華街にある。

レストラン開店直後なら、そう客も多くなく、あまり人目を気にせずに込み入った話をすることができるはずだ。

「早川先生、今日は急いでるんですか？」

教室を出ようとした際に中臣が声をかけてきて、顔が強張った。しかし、すぐに微笑み、「ちょっと用事があるんだ」とだけ言った。

「ふうん、用事……、ま、いいか」

独り言のように呟き、「じゃあ、お先に」と中臣が教室を出ていく。

中臣も、もう帰っただろう、と思えるまで用心深く待った。

二十分も過ぎた頃か。急いで学校を出て、玲子と待ち合わせているレストランへと向かった。

思った通り客は少なく、玲子は窓際のテーブルで先に待っていた。

頬杖《ほおづえ》をついている彼女の前に座っても、機嫌を損ねた表情は変わらない。

いつから、こんな顔にさせてしまっていたんだろうとふと気づき、胸が重くなった。

――前はもっと明るくて、笑顔でいることが多かったのに。

だが、彼女には彼女なりに葛藤があったのだ。同じ教育者として、ひとりの女性として、少しずつ、降り積もる塵《ちり》のように悩みや不満を胸に溜め込んでいたのだろう。

そのことに気づけなかっただけでも、恋人失格だ。

長年のつき合いという肩書きだけを頼りにし、互いに節目を作らず、仕事を盾に約束が守れなくなってしまうことを当たり前にし、流れに任せてしまった結果だと思えた。

「……ごめん」

「え？」

料理を注文する前に、謝罪が口を衝《つ》いて出た。髪を弄っていた玲子は目を丸くしている。

彼女が結婚を求めていることは知っている。

だけど、いつの間にか道を違えてしまった。心が通わないとわかっていて、結婚という体裁を取ることはできない。

これから、彼女を傷つけることを口にしなければいけないのだと思ったら、頭を下げるしかなかった。謝るしかなかった。

「ほんとうにごめん、いままで俺が悪かった」

「やだ、なに突然。今日は一応、約束を守ったじゃない」

「守れないんだ、もう」

「……え？」

笑おうとした口元がぎこちなく固まるのを間近に見て、深く深く息を吸い込んだ。

「玲子との約束を、俺はもう、守れない。悪い。俺が悪いのは十分承知してる。……別れよう。このままじゃ、だめなんだ」

「なに、それ……」

呆気《あっけ》に取られた玲子に、ウエイターも不穏な気配を気遣ってか、注文を取りに来ない。

隣にも、前後のテーブルにも客がいないのは幸いかもしれないが、好奇の目線に晒されない代わりに、爆心地さながらの状況をなんとか切り抜けなければいけない。

「……別れて、どうするの。結婚はどうなるの？　わたしたち、結婚するんじゃなかったの？」

「ごめん」

結婚する、と断言した覚えはないのだが、彼女のほうではとうにそのつもりでいたのだろう。

「なんなの？　なんで急にこんなことになってるの？　理由はなに？　なんでわたしたちが別れるの？　ちゃんと理由を教えて」

想いが枯れ果てた砂地に夢の城は建てられないことを、どう言えば彼女に伝わるだろう。

だんだんと尖っていく声に、覚悟を決めた。

「……他に、好きなひとができた。それから――俺はずっと嘘をついていた。ほんとうは、オメガなんだ」

「オメガ……」

唖然とした表情の彼女の前に、早川は両親と主治医以外誰にも見せたことのないオメガのＩＤカードを出す。

性別に血液型、誕生日の他に発情期の周期などが書かれたＩＤカードだ。

発情期と言っても軽度、重度とあるから、抑制剤の種類も変わってくる。

万が一病院に運び込まれたときに適切な治療を受けるためにも、どんなオメガでもこのカードは手放さない。

早川もアルファと偽りながら、このＩＤカードは財布の一番奥底にしまっていた。

なにかあったときのために、だが、こんなときに使うことはしたくなかった。

それを見た玲子の顔が能面のようになる。

それから――虫けらを見るような目つきになる。

一瞬のうちに他人のような顔つきになった彼女に言葉をかける前に、グラスの水を顔中に引っかけられた。

目を閉じる暇もなく、ぽたぽたと水滴が髪を、頬を伝い落ちていく。

玲子はまったくの無表情だった。

「最低。男として最低の屑《くず》」

聞いたこともない低い声とともに、玲子がぐしゃりとナプキンを握り締めてテーブルに叩きつけた。

「散々ひとを引っ張り回しておいて、なによ。……嘘つき。気ばかり持たせて、そのうえオメガだったなんて嘘つき。あんたなんか、とっくに別れておけばよかった」

憤然とハイヒールの踵《かかと》を鳴らして立ち去る玲子の語尾がわずかに震えていたことに思わず引き留めそうになったが、自分の選んだ結末を握り締めるように早川は固く拳を握り締めた。

「お客様、大丈夫ですか」

ウエイターが気の毒そうに新しいナプキンを持ってきてくれたので、小さく頭を下げて濡れた髪や頬を拭い、騒ぎを起こした詫びを告げてレストランを出た。

そこでまた、スマホが鳴った。

玲子だろうかと身構えたが、『先生？』と呼びかけてきたのは、思いがけずも中臣だった。

「中臣……」

『先生、恋人がいたんだね。どうしていままで俺に黙ってたの』

「近くにいるのか」

愕然《がくぜん》としてあたりを見回したが、それらしき人物は見あたらない。

『彼女とは楽しい話ができた？　喧嘩してたように見えたけど、どうせすぐ仲直りするんでしょう』

「違う、違うんだ。そうじゃない」

『先生、やさしいのとずるいのは紙一重だよ。俺もたいがい図々《ずうずう》しい性格だけど、先生は先生で、いろんなひとにいい顔を見せるつもりですか？』

笑い混じりの声に胸を衝かれた。

誤解を解きたかったけれど、やさしいのとずるいのは紙一重、という的確な言葉に頭がくらくらしてくる。

そうだ。自分というのは、やさしい人間ではけっしてない。

むしろ、ずるいばかりの人間だった。

中臣の誘惑に勝てずに身体だけの関係を続けて引きずられた挙げ句、宙ぶらりんにさせていた玲子を傷つけた。

教師なのに、生徒である中臣の手を払うどころかこの身体に引き寄せる場面だってあった。

そんな自分が聖職者と呼ばれるはずがない。

ただの肉欲に駆られた最低なオメガだ。

わかっている。そんなことは自分が一番よくわかっている。

ずっと、中臣に発情していたのだ。

彼が自分と同じオメガであったとしても、これまでに感じたことのない性欲に煽られ、その逞しい身体に組み敷かれることを望んだ。

――おまえみたいなバランスの悪い奴には会ったことがなかったんだ。だから、惹かれた。頭がいいのに大切ななにかが致命的に足りないおまえにどうしようもなく惹かれたんだ。

「中臣、違うんだ、聞いてくれ、彼女と話したのは別れるためで」

『ふぅん、そう。でも、俺、前に約束しましたよね？　卒業までは俺だけのものでいてって。どうしてあのとき、彼女がいることを正直に言わなかったの』

言う暇もなかった。そういうタイミングではなかった。

声は喉奥で籠もるばかりで、言葉にならない。

『ま、もういいよ。先生が約束を破ったんじゃ、俺、死ぬだけだし。安定剤がなくなったんじゃ、生きてる意味がないからね。……はは、こんなときになってすべての真実を知るなんてくそくらえだ。――さっき親父から電話があってさ、俺がほんとうは何者かを知ったよ。先生、聞きたい？　俺がなんだったか、知りたい？』

「待てよ、どこにいるんだ！」

叫びながら、もう走り出していた。中臣の姿がないかとあちこち見回したが、いない。

『知りたい？　追ってこられる？　俺を死なせたくない？』

くすくす笑う声は楽しげで、狂気と計算高さをはっきりと滲ませている。

『ねえ、先生、俺をほんとうに死なせたくないですか？』

「当たり前だろ！　いい加減にしろ！」

『じゃあ、これを最後の約束にしましょう。いまから三十分内に、学校の屋上まで来てください。一分でも遅れたらお別れです』

ブツンと切れた携帯電話を握り締めたとたん、血の気が上がった。

空車表示を出しているタクシーに向かって必死に手を振った。

「急いでください。とにかく、一分でも早く着きたいんだ」

学校名を告げると、タクシーの運転手は面倒そうな顔だ。

「いまの時間、混雑してるんだよねぇ。ここからだとどう急いでも三十分以上は……」

「いいから！　早く！」

バンッと助手席のヘッドレストを力任せに叩いたことで、運転手はびくりと顔を引きつらせ、アクセルを踏んで急発進させた。

運転手の言うとおり、ここから学校まで三十分では間に合わないかもしれない。

ちょうど、夕方過ぎの帰宅ラッシュだ。どの道も混雑していて、こうなったらもう、神頼みするしかない。

「頼むから……！」

一分でも三十秒でも早く着いてほしい。

電話の向こうの声の浮かれ方を思い出すと、気が気じゃなかった。

冗談だとも取れる口調だったが、屋上にいるということは、飛び降りるつもりなのだろうか。

軽い気持ちで日常に別れを告げ、屋上の縁《へり》から足をすべらせるつもりかもしれないと思ったら、背筋がぞくりと震えた。

——中臣ならやるかもしれない。あいつにとっては生きていることのほうが地獄なんだ。

背中に刻まれた傷を隠したまま、中臣がこの世からいなくなると考えただけで、気が狂いそうだ。

「……くそ！」

荒っぽい運転に身体が揺れる。

両方の拳を膝に叩きつけたとき、ふいに急ブレーキがかかった。ハッと顔をあげれば、見慣れた四角い白い校舎が鉄門の向こうに見える。

よほど急いでくれたのだろう。肩で息する運転手に多めの運賃を払って車から飛び出した。


六時を回った校舎内は、ほぼ無人だ。夏休み前、早めに授業が終わったせいで、生徒も教師もいない校内を無我夢中で走り、屋上に続く非常階段を二段飛ばしに駆け上がった。

普段、屋上には警備員や見回り担当の教師以外は上がれないように厳重に扉をロックされている。しかし、体育倉庫のときと同じく、中臣はどこからか鍵を調達してきて、たまに出入りしていたのだろう。

生徒は立ち入り禁止の区域だから、転倒防止用の金網などは設けていない。軋《きし》む鉄の扉を肩で押し開けると、ジャケットのポケットに両手を突っ込んだ中臣が、十五センチ程度の縁に右足をかけて振り返ったところだった。

見晴らしのいい、青く暮れなずむ夏空の下で、中臣は笑っていた。一歩踏み出せば、間違いなく墜落する。

「よせ！　中臣、やめろ！」

「どうして引き留めるの、先生？　ここで俺が死ねば先生はもう二度と俺に犯されない。彼女ともしあわせになれる。親父もせいせいする。いいことずくめじゃないですか」

「ばか言うな、そんなことで解決するわけないだろ……、未成年だってことを逆手にとって勝手なことばかり言うな！　死ぬとかなんとか、ろくでもないことを言う前に俺の話を聞けよ！」

激した言葉に、中臣が目を瞠る。

全力で走ってきたせいで、喉がからからだ。

背中も汗だくで気持ちが悪い。だが、ここで諦めるわけにはいかない。中臣に駆け寄り、背中からむしゃぶりついて縁から引き離した。

「俺を無理やり抱いたくせに死ぬなんて簡単に言うな。彼女とはついさっき、別れたんだ。おまえが好きだから、別れたんだよ」

「……先生、俺のこと、少しは……好きでいてくれたんだ？」

「そうじゃなきゃ、どうしてここにいると思うんだ。俺を道化にするつもりか！　先に手を出してきたのはそっちだろうが！」

「道化にするつもりなんかない。そうじゃないよ」

向き直った中臣が腰をかがめてきて、髪をくしゃくしゃとかき回してくる。

「俺を本気で好きになってくれたひとに生まれて初めて出会ったから驚いているだけだよ」

不意打ちのやさしさと素直な言葉に、せき止めていた涙が溢れた。

これまでずっと、教師と生徒という立場を崩さないためにも彼の前では涙を見せまいとしていたのに、自分の不甲斐なさや脆さを見抜かれた気がして、見栄《みえ》もなにもあったものではなかった。

わずかに背伸びをして、みずから中臣に抱きつき、泣き顔を彼の肩に押しつけた。

「好きだ……。担任になったときから、ずっとおまえが気になってた。意識してた。高校時代の嫌な過去のせいで同性とはもう二度とこんな関係にならないと思ってたのに……、おまえが強引に食い込んでくるから」

「そうだね、ごめん。先生のこと、もっとリサーチしておくべきだったね」

苦笑する中臣に頬を擦られ、よけいに熱い。

「最初は驚いたけど、二度目からは嫌じゃなかった……。中臣が乱暴にしないでくれたから。俺を怖がらせないでくれたから――でも、俺は教師で、おまえは生徒で、こんな気持ちを抱くのは間違ってるんだよ」

「うん、俺も間違ってると思う。でも、先生は俺の名前をちゃんと呼んでくれる唯一のひとだから、誰よりも好きだよ。このことについては、もう諦めてよ。だから、卒業までの関係でいいって言ったんだよ」

「そんなこと言うな……、卒業したら俺を忘れるのか？　他の奴とつき合うのか？　俺にしたことを他の奴と……」

「したら、どうする？」

　こんなときにまで余裕たっぷりな笑い方をする男が心底憎たらしくて歯噛みをし、思いきり胸を叩いた。

　このまま屋上から突き落としてやろうか。そしてその後を追ってやろうか。

　憎しみを上回る愛情がなかったら、いっそのこと、ふたりまとめて屋上から飛び降りていたかもしれない。

　そのほうが後腐れなくて、あっという間に終われてよかったのかもしれないが、自分にはまだ未練がある。

　中臣修哉という未練がこの胸に。

泣きじゃくり、声を嗄らして訴えた。

「するなよ……」

「なにを」

「他の奴を相手に……あんなこと絶対にするな」

「どうして？　俺に自由はない？　死ぬ自由も？　だったら、先生が一生そばにいてくれる？」

「好きだって言ってんだろ！　もう、これ以上どうすればいいんだよ……！　俺にはもうおまえ以外なにもないんだ……だいたい俺は、――俺は、黙っていたけどほんとうは、……」

オメガなんだよ。

アルファじゃないんだ。

……オメガなんだ。

やっとのことで声を絞り出すと、中臣が目を瞠る。そして、息を吐いた。長く長く。

そして、やさしく笑いかけてきた。

その微笑みで一瞬にして早川は彼への恋心をつらいぐらいに自覚した。

ほっとしたような、胸のつかえが下りたような、それでいてはにかむような笑顔は初めて見たものだ。

「……やっぱり俺たちは運命の番なんだよ。ねえ先生。アルファだとかベータだとかオメガだとかどうだっていい。俺とあなたが惹かれ合ったことは事実なんだよ。……でもね、俺がね、ほんとうのほんとうはアルファだったたってこと、俺自身もさっき親父の電話で知ったんだ」

「おまえが……ほんとうは、アルファ……？　……え？　どういう、ことだ……」

「座ろうか」

中臣が肩を抱いて、コンクリートの縁に座らせてくれる。外側に向かって足をぶらぶらするが、その不安定さがいまの自分たちにはふさわしい。

一瞬にして逆転した立場。

自分はほんとうはオメガで、中臣はほんとうはアルファ。

いったい、どういうことなのだ。

「先生は……どうしてアルファだと偽ってたの？」

「……俺の家はさ……おまえも知っているかもしれない大きな貿易業を営んでいるんだ。父はアルファだったが、母がオメガだったからその血を強く受け継いだようなんだ。おまえも……聞いたことがあるだろう。アルファとオメガの間に生まれる男児はなぜかオメガに偏る傾向が多いって。だから……ほんとうは俺は堕ろされる寸前までいったらしい。でも、母は俺ひとりを生むのが精一杯だったらしくて……生む以上は家柄を汚さないようにと父に厳命された。血液検査の結果もその後のことも、すべて両親が金とコネで握りつぶしてきたんだ」

「発情期……、大変だっただろ」

「まあな。首輪は目立つからなかなかできなくて、一番強力な抑制剤を使ってきたよ」

「そんなことしたら身体に負担がかかるよ。だって先生、その、子宮が……あるんだよね？」

「ある、みたいだ。でも、使わないと思ってたし」

「俺のために使ってよ」

「え？」

「運命の番として、ほんとうはアルファだった俺のためにあなたの身体丸ごとちょうだい」

切羽詰まった顔の中臣に言われて、うんとも嫌だとも言えない。目線を下ろし、平らな腹を見る。

そこにある子宮は誰のためにも使わないつもりだったが――中臣相手なら。

「そういうおまえは、どうしてオメガだと思い込んでいたんだ？」

「ま、親父のプライドを維持するため、かな」

さらりと言う中臣は通りすぎていく夏風に髪を遊ばせている。

「俺の場合は検査結果でオメガだと誤診されていたけど、その後、ちゃんと正しい報告があったらしいんだよ。実際は、間違いなくアルファだったたって。でも、親父はその事実を一切伏せた。より優れた俺に追い抜かされたくなかった一心でね。でも、さっきの会話はＩＣレコーダーで録音されていたって俺が明かしたら、さすがに観念したっぽい。全部ほんとうのことを話してくれた。このままずっとオメガとしての劣等感を植え付けて、言いなりにさせたかったんだ、とよ。そんときの親父の情けない声、あなたにも聞かせたかった」

くすりと笑う中臣が足を揺らし、遠い地上を見下ろす。

「……お互いに、仮面をかぶっていたんだな」

「うん。いらない劣等感も覚えていた。……でも、俺とあなたはやっぱり離れられなかった運命だったんだよ。アルファとオメガだからかな？　運命の番だったから？　いろいろ考えたけど、やっとわかったよ」

「なんだ、言ってみろ」

「ひと目惚れしたんだよ。きっとお互いにね」

悪戯っぽく微笑む中臣に緊張がゆるみ、早川も苦く笑ってしまう。

「可愛いこと言うんだな。運命の番よりもずっとロマンティックだ」

「先生相手だとどんなことでもロマンスになるよ。年が離れていることも、教師と生徒という立場の違いも、アルファとオメガも。全部全部俺たちの恋を彩る小道具だ。——ねえ先生、俺が捧《ささ》げられるのはさ、アルファとしての優れた才能や冴えた容姿じゃない。確かに生まれつきのものはあるかもしれないけど……この十七年、オメガとして生きてきたんだ。だから、努力を重ねてきた。アルファに見せかけられるように、必死に。……そんなみっともない男でも、愛してくれる？」

「……当たり前だ。おまえが好きだよ。そんなの当たり前だろ」

ぼろぼろと溢れ出る涙が止められなくてつらいのに、中臣は破顔一笑だ。

「もっと好きって言って。俺だけが欲しいって言って。そばにいて、俺に抱いてほしいって、もっともっと言って。頭がおかしくなるぐらい」

「好きだ……大好きだよ。修哉がいればいい、他にはなにもいらない、おまえだけに抱いてほしい」

「先生、可愛い。……ほんとうに可愛い」

頭をかき抱いてくる中臣が、頬を伝う涙を舌先で淫らに舐め取る。

「さしずめ、俺がアダムであなたがイブかな。あなたの部屋で毒の林檎を食べたことで俺は目が覚めた。死んでいた罪の意識が自分の中に蘇って、あなたと一緒に生きていきたいと思わせてくれたんだ」

毒の林檎。赤い、暗い、甘い蜜がたっぷり詰まった林檎。それを互いに食べた日から、きっとすべてがこの日に繋がっていたのだ。

顔中にくちづけられ、逞しい胸を押しつけられて、鼓動が同じ速さで駆け上がっていく。

「ここでしようか」

熱くなる指先を摑んで微笑んでくる中臣に、頭を強く振った。

「嫌だ。うちに、帰る」

「先生んち？」

「……なにがあっても、おまえを守る。おまえの全部が欲しい。もう俺に隠し事はするな。俺はオメガで、おまえにとって足枷になるかもしれないが、できるかぎりの努力はする」

「そんなのいらない。恋人同士で努力するなんて対等じゃない。あなたはあなたのままでいて。そのままの先生でいて」

「……わかった。約束する」

嬉しそうに微笑んだ中臣が、くちびるの脇にそっとキスしてくる。

宵闇《よいやみ》が広がり、中臣の肩越しに美しく輝く星がひとつ、見えた。

大切に守りたい愛情は、たったひとつでいい。

そんなことに、いま初めて気づいた。


「修哉、待てよ、シャワー浴びたほうが……」

部屋に入るなり寝室に押し込まれ、シャツを剝ぎ取ってくる中臣が敏感な首筋に歯を立てて笑う。

「無理。せっかく先生に好きだって言ってもらえたんだから言うことを聞いてあげたいけど、待てない」

「っ、ん……っ」

熱い呼気が首筋から鎖骨へと落ち、艶《なま》めかしい感触に早川は腰をよじった。

中臣の指がかすかに触れただけで反応してしまい、たまらなく恥ずかしい。

ここに来て薬で懸命に抑えていた発情期が爆発したかのようで、中臣に触られる場所のすべてがじんじん疼くほどに感じて喘いでしまう。

これが彼との最初のセックスじゃないのに、こんなにも感じるなんて。

「う……」

ふたりしかいない部屋で、互いの愛情を確かめ合う。心と身体が初めてきちんと繋がった状態で抱き合うことに頭がのぼせそうで、無意識に胸をそらしていた。

「先生、もしかして乳首弄ってほしい？」

「……ん……」

意地を張って否定しようかとも考えたが、裸の胸に指が這うだけでぞくぞくしてくる。触られる前から熱が先端を突き上げ、乳首が小さく膨らんでいた。

中臣に抱かれる前と比べたら、あきらかに目立つようになってしまったこともいたたまれない。

「さわって……ほしい」

とぎれとぎれに呟くと、中臣は目だけで頷き、硬くしこる乳首を舐《ねぶ》り回し、もう片方の乳首を指でくりくりと押し転がす。

「ん――……あ……あっ……」

きつく根元を噛まれ、ひくんと身体がしなった。

ちゅく、くちゅ、と尖りを吸われて痛いぐらいに指で揉み潰されると、もやもやとした快感が一気に突き上げてくる。

中臣が念入りに胸を愛撫するのは今日に始まったことではないが、いつもよりさらに執拗だ。

「ね、乳首だけでイってみて」

「や、……やだ、……でき、ない……っ」

「そんなことないよ。俺がいままでたっぷり乳首を可愛がってきたおかげで、先生のココ、もうちゃんと硬くなってる」

下着を押し上げる性器を人差し指で軽くつつかれ、「——あ」と息を飲んだ。

じゅわっと潤む感覚が極まり、中臣の背中にしがみついていないとどうにかなりそうだ。

「しゅう、や……っ……あ——あぁ……っ」

丸っこく膨らんで嚙みやすくなった乳首をつまみ上げられ、きゅうっと強くひねられて、下肢に籠もる熱も高まる。

「……く、……イ、く……っんあ、あ……!」

それまでやさしく乳暈《にゅううん》を舐め回されていたのが、急に乳首の根元にきつく歯を立てられ、早川は耐えきれずに身体をよじらせて放った。

張り詰めたペニスからとめどなく精液が溢れ出す。

直接そこを触られたり、挿入されたりするのとはまったく違う、全身をじわじわと煮詰められるような快感に、身悶えた。

「あっ、あっ、やぁあっ、いや、だ、そこ、だめ、だ……!」

「先生、嚙まれると感じるんだ？　でも、ほんとうに乳首だけでイけるようになっちゃったね。これじゃ俺以外とできなくて、ちょっと可哀相《かわいそう》かも」

「……ぅ……」

忍び笑いを漏らす中臣の指が離れても、ずくん、と疼く胸の尖りは吐息が触れるだけでもつらい。胸を弄られただけで達するなんて、以前は考えたこともなかった。だいたい、触られて感じること自体ないと否定していたのに。

「修哉のせい、だろ……」

達したばかりで力が入らないが、なんとか身体を起こし、今度は早川のほうから中臣にまたがった。中臣はまだ服を着たままだ。

「……修哉に触りたい」

「触ってよ。全部、舐めて噛んで、あなただけのものにしなよ」

傲慢にも聞こえるが、真面目な声に頷き、シャツのボタンをひとつずつはずしていった。スラックスも下着も脱がせ、見覚えのある傷が目に入ると胸が詰まるが、柔らかにくちづけた。

他人の身体にこれほどの愛着を感じたことはなかった。

「新しい傷も古い傷も、全部大事にするから――俺だけの修哉だ」

「……先生」

「背中も」

中臣は少しとまどった後、黙って身体を横倒しにした。眠るときの姿勢に似ている。無抵抗な子どもが、荒ぶる力から必死に身を守るような姿だった。

うなじの下、ちょうどシャツの襟に隠れるあたりから背中一面、無惨な火傷痕が点在している。もうずいぶん昔のもののような傷に見える。きっと、煙草の火を押しつけられたのだろう。

じわりと視界が滲むのにも構わず、広い背中に残る痕のひとつひとつにくちびるをそっと押し当てていった。

「……っ、先生、いいよ、無理しなくて」

「いいから、このまま」

傷痕が消えることはないけれど、キスと涙で癒やすことはできる。時間をかければ、きっといつか、薄れてくれる。そう信じて、早川は熱心にくちづけた。

中臣の身体が小さくぶるっと震える。

それから急に姿勢を変えて、早川の腕を摑み、組み敷いてきた。

いままでに見たことのない真剣な面持ちで、中臣がくちびるを重ねてくる。勃ちきったものが互いに触れて擦れ、垂れ落ちる蜜を肌に染み込ませていく。

「ん……」

窄まりを指で解し、違和感が底のない渇望に変わっていく頃、中臣が濡れた肉棒の先端をゆっくりと尻の狭間に擦りつけてくる。

焦《じ》らすような、慣らすような、どっちともつかないもどかしい感触に早川は呻いた。

「おまえが好きなんだ、修哉。好きだから、なにをしてもいいから……もう……」

「ほんとうに？　もっと言って、もっと俺を欲しがって」

「好き、好きだから、はやく……あ、あぁっ、あ……っ！」

凶器のように太く、斜めに反り返る男根に貫かれ、身体が跳ねた。

中臣が突き上げてくるたびに、身体の深いところで蜜がとろりと溢れ出す錯覚に襲われる。自分の身体の中に、こんなにも熱くなる場所があるなんて知らなかった。

逞しい両腕に抱き締められ、苦しさと快感の狭間でせめぎ合い、極太のものでぐしゅぐしゅと抜き挿しされる間にも肌がざわめき、熱を帯び、中臣だけに愛される身体に造り替えられていく。

「あっ……あっ……あっ」

「先生、いい？」

「んっ、いい、修哉、すごい、いい……」

濃密な快感が支配する意識の中で朦朧《もうろう》と呟いた。

若い男の求め方は激しく、終わりがない。

浅く挿入し、わざと張り出したカリを引っかからせてずるく揺らされると、じぃんと甘く痺れるような快感が足のつま先から脳天まで一気に突き抜け、泣き声に近い喘ぎがこぼれた。

「もっと……奥まで……」

「もっと欲しい？　……子宮、突いてあげよっか」

「ん、突いて、もっと突いて——挿れて、修哉のもので、いっぱいにして……あぁぁっ」

求めた以上の強さで押し挿ってくる男に、蕩けきった肉襞が潤み、ひたりとまとわりついてしまう。

さっき達したばかりなのにまた白濁がこぼれる。

イきっぱなしで、子宮がもったりと重い。

目の眩むような絶頂感を立て続けに味わわされ、四肢を中臣にきつく絡み付けて振り落とされまいと必死だった。

夢中になってキスをせがむと、中臣が淫猥に舌先をくねらせて唾液を伝わせてくる。

こくりと喉を鳴らして飲み込み、「もっと」とうわずる声でねだった。

「もっと——もっと、修哉……」

「わかってる、先生。欲しいって以上のことをしてあげるよ」

深々と貫きながら、中臣が耳たぶをやさしく噛んでくる。

今度は四つん這いにされて、尻をきつく捏《こ》ねられ、ヌチュヌチュと出し挿れを繰り返される。

丸い早川の尻はぎりぎりまで左右に拡げられ、極太の肉棒を美味《おい》しそうに食《は》んでいる。

濡れきった己を目の当たりにしている中臣は満足そうに笑い、激しく腰を使ってきた。

「このまま射精したら孕んでもらえるかな……いま、発情期？」

「っ、だと、おも、う、でも、まだ……おまえ、未成年……っ」

「若いパパは嫌？」

「嫌、じゃ……ないっあ、っ、んん、だめ、だめだ、抜くな……！」

ずるぅっと引き抜かれていく肉棒を引き留めるかのように肉襞が淫猥に収縮し、ぱくりと開いたアナルで中臣を誘ってしまう。

そこが深い色を宿し、男の劣情を催すことを早川は意識できない。

無意識のうちに誘うからこそオメガなのだ。

身体中から濃密なフェロモンを撒き散らし、中臣をどこまでも誘惑する。

それでも、もう自分たちは一対の番なのだから、フェロモンは中臣だけに発されるようになり、悪戯に他人を煽ることはなくなる。

そのぶん、中臣のことは終始煽ってしまうだろうけれど。

「いい匂いする……たまんねぇな。こんな甘い匂いしてたらぎちぎちに噛みたくなる」

背後から覆い被さってきた中臣が、がぶりとうなじに歯を突き立ててきた。

そのことに「く」と呻いて早川は背中を反らし、またびゅくりと白濁を漏らす。

もう立て続けにイかされて精液はとろとろとしか出ないけれど、身体中を熱く支配するような甘い絶頂感がずっと続いていて、泣いてしまいそうだ。

「いい……すごく、いい、おまえの、奥――まで届いて、る……」

「ん……、俺もいいよ……ねえ、出してもいい？　このまたっぷりあなたの中に出してもいい？」

嫌だと言うわけがない。

出してほしいから、孕ませてほしいから、早川はこくこくと頷き、体位を変えてもう一度正面から突き込んでもらった。

両足首を摑んだ中臣が獣のように腰を振るい、早川が絶頂のずっと先に待っている底なしの快楽に落ちていく瞬間を捉えて、ひと息に放ってきた。

「あぁぁっ、イく、イっちゃ……！」

「ん……！」

腰の奥がじわっと痺れるほどに激しく突かれ、もう何度目かわからない絶頂感に早川が声を嗄らすと、中臣も長く息を吐きながら熱の高い精液をほとばしらせる。

中臣を奥まで受け入れ、最後に濡らしてもらえることがたまらなく嬉しかった。

やっとほんとうの意味で繋がれた気がして満たされるのだ。

息を乱しつつも、安堵した様子が伝わったらしい。中臣が口元をゆるめ、額をこつんとぶつけてくる。

「でも先生、卒業したらこんな関係は終わりにするから」

「まだ言うのか。嫌だ、離れるな、好きなんだよ、おまえがいなくなったら、どうしていいかわからないよ……離れないって、約束、しろよ」

「してほしい？」

硬度を失わない中臣のものが、ずくっ、ぬぷっ、と出し挿れする淫らな音が耳を打ち、また新たに生まれる快感と、羞恥と不安に啜り泣いた。

瀬戸際まで追い詰め、いたぶり、最後の最後になってしがみつかせるのが中臣の好きなやり方なのだとわかっていても、卒業、という二文字が永遠に抜けない棘のように胸の真ん中に突き刺さる。

「来年の春までの関係にしておけば、先生も気が楽になるんじゃないの？　俺としてはこれでも結構、大人の意見を言ってるつもりなんだけど」

意地悪く笑う男を涙で滲む目で睨み付けた。

罵ろうかと思った。

怒鳴ろうかと思った。

目上の者として叱ろうかとも思ったが、最後には自分の心に正直になることを選んだ。

「……大人になんかならなくていい。そのままでいいから、俺のそばにいろよ。ずっと、一緒にいろ」

「わかったよ。先生も案外我《わ》が儘《まま》だね」

声を上げて笑う中臣に、早川も微笑んだ。それから、強く抱き締めた。

この関係が歪んだものであることは百も承知だ。

常識から遠くかけ離れていることもわかっているけれど、教師でありながら、間違った答えをあえて選んだのだから、一生を懸けて守り抜く。

「――以上で、夏休み中の当番決めは終了。前期もこれで終了だ。みんな、お疲れさま」

二十五名の精鋭を見渡して、早川は微笑んだ。

「休み中も受験勉強で忙しいだろうけど、せっかく高校最後の夏休みだ。適度に息抜きをして、楽しい思い出を作ってください」

アルティメット・クラスの担任らしからぬ言葉に生徒たちはつかの間唖然としていたが、次の瞬間にはほっとしたような楽しげな笑い声が弾けた。

皆、本番に向けて張り詰める気持ちは一緒だ。

ボロボロに擦り切れるまで自分を追い込んで周囲の景色がなにも見えなくなってしまう前に、一度深呼吸すれば、いま、自分がどこにいるか、あらためて知ることができる。

そこから先、どう進めばいいかということも冷静に考えられる。

それを伝えたくて、「楽しい夏休みを」と早川は言ったのだ。

「それじゃ、また後期に」

早川の言葉を合図に、重圧から解き放たれたように生徒たちが楽しげな顔で散っていく。

最後に、中臣だけが残っていることに気づき、目顔で合図すると、笑顔の彼が近づいてくる。

使い込んだ鞄を肩に引っかけた中臣を連れて校内の自動販売機でミネラルウォーターを買い、「大丈夫か？」「ん、大丈夫そう。誰も見てない」と言い合ってあたりを見回し、非常階段から続く屋上へと上った。

「あー……よく晴れてるなぁ」

「あんまり縁のほうに行くなよ。生徒や先生たちにバレたら大変だ」

「はいはい、わかってる」

苦笑する中臣が、戸口そばの壁にもたれて座り込む。その隣に、早川も腰を下ろした。頭上を遮るものはなく、突き抜けた感覚がなんとも言えず気持ちいい。

互いの目線の先に、低い縁があった。あそこから中臣が飛び降りるだのなんだのと揉めた日から、そう経っていない。

「……まだ死にたいとかばかなこと言うか」

あの愁嘆場は自分を引き留めるため、独占するための手段のひとつだったといまならわかるが、早川も必死だった。

本気で中臣を引き留め、メロドラマ顔負けのことをやらかしてくれたことを思い出してちらりと横目で睨むと、中臣はいつもどおり笑っている。

けれど、その笑みに、以前のような冷たさや諦めはない。

硬い殻がようやく剝がれた素直な笑い方だ。

「俺の先生が可愛く何度もねだってくれたから、いまのところ死ぬ気はないよ」

「そんなもの、ずっとなくていい」

「先生、俺が好き？」

「好きだよ」

「ほんとうに？」

「ああ、好きだ」

「愛してる？」

「……愛してるよ」

「俺なんかあなたを骨までしゃぶり尽くしたいぐらいに愛してるよ」

手を握ってくる中臣に何度も言わされて恥ずかしいことこのうえないのだが、彼は他人から愛されることを知ったばかりだ。

だから、飽きるまで、何度でも言ってやりたい。

――好きだ、おまえだけが好きなんだよ。

その知能の高さゆえに、父親に疎んじられるばかりか、教師やクラスメイトたちからも一線を引かれていた中臣が誰かを――早川をひたむきに求め、早川も応えた。

中臣に出会っていなければ、早川もアルファを演じたままで、結婚という形骸化《けいがいか》したものを求め続けた玲子と同じ道を歩んでいただろうけれど、それはいずれ、互いにとって悲しい終わりを迎えていたはずだ。

心がすれ違ってしまった彼女を傷つけたことへの贖罪《しょくざい》はこれからも続けていくだろう。

そうすることで、自分の胸に眠っていた思わぬ欲深さと正直に向き合い、叱り、いずれ許して、中臣を愛する力に変えていきたい。

けれどもし、中臣の言うとおり、卒業を境にこの関係が終わってしまったらどうすればいいのか。

中臣は、父親が教授として在籍する大学よりもさらにランクが高い学校を目指すと聞いている。

いつかほんとうに手の届かない存在になるかもしれない。

どんなに好きだと言っても、大人になった中臣は背を向けてしまうかもしれない。

「おまえ、お父さんが卒業した学校より上の大学を目指してるんだったな」

「そうだよ。いまのところ楽勝だと思うけど、なんか問題ある？」

生意気にも程がある言葉だが、あえてたしなめなかった。中臣はばかじゃないから、先の展開ぐらい読めているはずだ。

「おまえの頭がいいことは俺もよくわかってる。でも、学校での成績が人生のすべてを決めるわけじゃないだろう。その理論だけを貫いたら、お父さんと同じ考えになる」

「まあ、そうだね」

中臣は澄んだ空を見上げ、かすかに微笑む。

「……大丈夫。前にも言ったけど。大学に入ったら俺は独立するよ。入学金や授業料も、親父から援助を受けるつもりはない。国立大を選んだのはそういう理由もあるしね。あ、これは学校には内緒にしといて。――親父が俺の今後についてどうこう言ってきても平気。自分の生き方は、自分で決める」

前から考えていたというだけあって、しっかりした口調だ。そのことに心からほっとし、肩口に額をこつんとぶつけた。

「なにかあったら、迷わず俺に話してくれ。できるかぎりのことはするから」

「ありがとう、先生。じゃ、俺が晴れて家を出るときが来たら、とりあえずいままで育ててくれた礼も込めて、親父を一発ぶん殴ることをいまから許しておいて」

「物騒なこと言うな」

言葉とは裏腹に、くだけた様子の中臣の脇腹を肘で軽くつついた。

父親との別離を決意したことには、自分とのつき合いも理由のひとつだったのだろうか、と言ったらさすがにおこまがしいだろうから内緒にしておくが、いまの中臣は一皮剝け、以前よりも頼もしい横顔を見せてくれている。

「先生、俺が将来どんな仕事に就きたいか、わかる？」

「なんだ」

「早川先生と同じ。学校の教師を目指します。デイトレしながらの教師ってよくない？」

「本気か？」

中臣ほどの才覚と度胸の持ち主なら、もっと冒険できる仕事に就いてもいいだろうに。目を瞠ると、中臣はいとも楽しげな顔だ。

「本気ですよ。なんでそんなに不思議そうな顔してるんですか。早川先生が俺を手加減なしに育ててくれたのが嬉しかったから、俺もいつかは教壇に立ちます」

「おまえの生徒にいまから同情するよ。前例にないスパルタ教育になりそうだよな。でも……間違っても生徒には手を出すなよ」

「出さないって。俺にとっては先生だけで十分満たされる。ねえ、いつか一緒の学校に勤めようよ。ていうか、一緒に暮らして」

夢みたいなことを平気で言う中臣に、笑いが止まらなかった。

子どもっぽいなと吹き出し、――そう、でもまだほんとうの大人じゃないから、叶《かな》うか叶わないかわからない楽しい夢はいくつも持っていてほしいとも思う。

夢みることを忘れてほしくない、いくつになっても。

不透明な未来にほんの少し、光が射し込んだような気分だった。

ミネラルウォーターを飲み干した中臣が、ふっと振り返り、笑いかけてくる。

「明日から夏休みだよね。先生はどうするの」

「どうする、かな。後期に向けての用意が先決だろうけど……」

「でも、さっき早川先生が言ってたよね。高校最後の夏休みだから楽しい想い出を作ってください、って。だったらさ」

楽しい企《たくら》みを打ち明けるように、中臣が顔を寄せてくる。

「俺が先生と一緒にいてあげるよ。夏休み中ずっと。先生の家に合宿させて。俺の受験勉強もはかどるし、先生のことも愛せるし一石二鳥でしょう？　それで、ふたりで子作りしようよ」

「なに言ってるんだ馬鹿。お父さんが許してくれないだろう」

「俺がなんの確証もなしにこういうこと言うと思う？　あのひと、毎年夏の間はずっと学会で海外に行ってるんだよ。だから、俺は家でひとりきり。食事も風呂《ふろ》も寝るときもひとりきり。可哀相だと思わない？」

「自分で言うか」

自分よりずっと逞しい身体をしているくせに、ときどきのぞかせてくれる心は眩しいほどに純粋だ。

「先生が好きなこと、なんでもしてあげるから。ね？　いいでしょう？　骨の髄まで可愛がってあげるから」

「わかったよ。俺はおまえに搾り尽くされそうだな。……この夏休みは一緒に過ごそう」

途端に嬉しそうな声を上げる中臣の頭を軽く小突き、早川もつられて笑った。

この先もふたりで続けていくならば、相応の困難が待ち構えているとわかっているが、まばゆい太陽に照らされ、青い空の下で息をしていると、きっと自分たちらしい可能性と未来がどこかにあるのだと勇気づけられる。

夏はこれからが本番だ。

約一か月の休みの間、ほんとうに中臣との子どもを作ろうか。

なんて考えている自分が以前とは違っていて、とても自由であることが嬉しい。

未来を思い描けることがこのうえなくしあわせだ。

「先生、ずっと一緒だよ。大好きだよ」

夏の陽射しを受けた中臣がくちびるを重ねる直前に囁き、早川も笑顔で応えた。

さようなら、窮屈で四角い日々。

明日から、自由な世界が始まる。

# 愛の果実を手にした男たち

「は……っぁ、あぁ、……修哉《しゅうや》……っ」

「ずっと喘《あえ》ぎっぱなしだね、拓生《たくみ》さん」

くすりと笑われて耳たぶが熱くなる。

中臣《なかおみ》がぐぐっと剛直を突き込んできて、どこまでも甘やかな声が伸びていく。

もう、何度も達しているから精液は出なくて、ただ気が遠くなるだけのドライオーガズムがずっと続いている。

出会った頃から時は流れ、中臣は無事に志望大学に合格し、制止する父を振り切って学校近くのマンションでひとり暮らしを始めた。

じつは、隣の部屋に早川《はやかわ》が住んでいて、ほぼ同棲《どうせい》しているも同然だ。

中臣は十八歳になり、早川は三十三歳になった。

中臣が大人になればなるほど自分だって歳《とし》を食うのだが、甘やかし上手で甘えたがりの彼と一緒にいると歳の差はさほど気にならない。

それよりも、初夏の明け方目を覚ました中臣がそっと合鍵《あいかぎ》を使って部屋に入ってきてから、延々と貪《むさぼ》られている。

最初は一、二度達すればお互いに満足するだろうかと思っていたが、発情期の最中の早川のほうが途中から我慢できなくなってしまった。

抉《えぐ》られても貫かれてもどこか満足しきれなくて、激しく腰を遣われながら喉元《のどもと》をいっそ食い破ってほしいとさえ願ってしまう。

そして最後には絶対に生で射精してもらえないと嫌だ。

今日の中臣はいつにも増して執拗《しつよう》に愛してくれた。

七月終わりの週末。まだ午前五時頃、寝ぼけている早川のベッドにもぐり込んできた中臣はタオルケットの中で悪戯《いたずら》を始めた。

大学が夏休みに入った彼は最近しょっちゅう部屋に忍び込んでくる。昨夜だって散々抱き合い、疲れ果てた早川が先に眠りに落ちたぐらいなのに。

最初はなんだか胸のあたりがくすぐったいなと感じていたぐらいだった。

パジャマ代わりのTシャツの裾《すそ》をめくり上げられ、鎖骨をちろりと舐《な》められた。深い溝をゆっくりと舌先が這《は》い、夢見心地に気持ちよくて吐息を漏らした。

「……ん……」

その声に勇気づけられたのだろう。

中臣はつうっと舌を下ろして、胸の尖《とが》りをぐるりと舐め回す。根元をちゅくちゅく噛《か》み締めて吸い上げ、丸っこく膨らませることに成功すると嬉《うれ》しそうに強めに噛みついてきた。

その頃だ、意識がはっきりしてきたのは。

「あ、……あ、……しゅう、や……？」

「やっと目が覚めた？　せーんせ」

いまでは名前呼びが当たり前になっていて、ふたりでいるときは「拓生さん」と呼ばれるのだが、たまにこうして高校時代のことをからかわれて「先生」と甘く囁《ささや》かれる。

「来てた……のか」

「うん、さっき。拓生さんよく寝てたからお臍《へそ》出てたよ」

「……は？　あ、ん、ッん、――は……っ」

乳首をこりこりと親指と人差し指で揉《も》み込まれて、根元からツキンと勃《た》たされてしまう。

痛いぐらいに尖らされてしまったそこは若い恋人の愛撫《あいぶ》を貪欲《どんよく》に欲しがって、つい我を忘れて喘いでしまう。

寝起きだからか、理性が制御できない。

ちゅぷ、ちゅるっ、と美味《おい》しそうな実のように吸われてどんどん昂《たか》ぶっていく。

十五歳も下の男の前ではしたなく喘ぐ姿がどんなに浅ましいか自分でもわかっているはずなのだが、止まれない。

「……修哉ぁ……っ」

「拓生さんのここ、昨日よりもすごく可愛《かわい》くなった。俺がしゃぶるとふっくらするんだ。腫《は》れぼったくなってやーらしい」

ツンツンと乳首をつつかれて呻《うめ》くと、今度はハーフパンツに手がかかる。

ひと息に脱がしてもらえるかと思ったら、違った。

下肢を手が覆い、ペニスの塊をなぞり上げる。それが心地好《よ》いから早川は背を反らして応《こた》え、中臣の髪を両手で摑《つか》んだ。

「ん、……ん、もう、いい、から……はやく……」

「だめ。ちゃんとあなたを感じさせてからだよ」

「う……」

すぐにでも貫いてほしいのに、わざと焦《じ》らされてたまらない。

発情期前はフェロモンがより濃くなるようで、アルファとしての中臣を異様に煽《あお》るらしい。単なる射精で終わるセックスではなく、気が狂いそうな抜き挿しを繰り返した最後にやっと中に出してくれるのだ。

パンツの上からペニスを揉み込みながら脱がしていき、ぶるっとしなり出た細めの早川自身に中臣はちゅっとくちづける。

それから、亀頭《きとう》をぬっぽりと咥《くわ》え込んできた。

根元を指で扱《しご》き上げられてもう腰が揺れてしまう。

「あ、っ、や、だ、それ……したい、……すぐ、したく、なる……っ」

「少し我慢しな。二度出したら挿《い》れてあげるから」

「んん……ッ！」

あえなく一度目の射精を迎え、早川は白濁を散らしてぐったりとベッドに沈み込む。

生温かい体液を中臣は指ですくって美味しそうにしゃぶり、遠慮なしにじゅるりとペニスを吸い込んでくる。

「あー……っ……！」

まだ出ているのに吸われたらもうだめだ。出して、出して、吸われて、きつくねっちりと肉竿《さお》に舌が巻き付いて声が嗄《か》れる。

中臣は陰嚢《いんのう》も口に含んでやさしく転がし、二度目の射精へと早川を追い立てる。煮えたぎった身体《からだ》は易々《やすやす》と陥落し、繋《つな》がってもいないのに早くも二回も出してしまった。

「っは、ぁ、っ、あっ、俺だけ、ずるい……、おまえ、も……」

「え？　俺になんかしてくれるの？」

「……したい」

いつもされてばかりだから、たまには積極的にのしかかりたい。

こっちだって男だ。しかもかなり年上の。

ふらつく身体を起こして中臣にのしかかり、性急に服を脱がしたら鋭角に反り返る極太の性器にキスをする。

「ふ……」

雄の匂《にお》いを撒《ま》き散らす中臣の硬い性器を舐めだすと、身体の奥がじゅわっと濡《ぬ》れてひくつくようだった。腹の奥、子宮のあたりが絶え間なく疼《うず》いて中臣に突かれたがっている。

「修哉……もう、おっきい……」

「拓生さんがやらしく舐めるから。ねえ、見せてその顔。俺をペロペロしながら顔上げて？」

誰がそんなみっともないことをするか。以前だったらそう突き放していただろうが、いまは違う。

中臣を咥えたまま顔を上げ、必死に目を合わせる。

「ん、ンぅ――く」

「ハハ……めちゃくちゃエロい。拓生さんの顔が俺のチンポで歪《ゆが》んでる」

「う……！」

破廉恥《はれんち》な言葉で責められて身体の奥が熱くなる。

中臣の言うとおりだ。深く舐めしゃぶっているから、頬《ほお》のあたりがぽこりと雄の亀頭の形に突き出て、きっと無様だろう。

それ以上にどれだけ卑猥《ひわい》かと考えると落ち着かない。熱く滴るものを腰の奥に感じて、早川は自然と交尾の姿勢を取った。

尻《しり》を高く上げ、奥が見えるように内腿《うちもも》をおずおずと開く。

「丸見えだ。ひくひくしてる」

嬉しそうな中臣の声に掠《かす》れた声が漏れた。

嫌だ、恥ずかしいと言いながらも期待する身体は熱く熟れていく。なぜなら、中臣は早川の運命の番《つがい》だ。

彼にだけフェロモンを発し、欲情する。そのことをもっと知ってほしくて、枕《まくら》に熱い頬を擦《こす》りつけながら早川は懇願した。

「し、て……ほしい……」

「俺が欲しいの？」

「ん……奥、まで」

するとと中臣は満足そうに笑い、己の怒張にローションを垂らして塗りたくり、鋭い切っ先を中臣の窄《すぼ》まりにあてがってくる。

くり抜かれてしまう。

ぞくりと身を震わせた瞬間、中臣がゆっくりと挿《はい》ってきた。

「んーっ……！」

大きく張り出した亀頭がすごくいいところを擦りながらゆっくり貫いてくる。最初からよくてよくて、泣いてしまいそうだ。

もう数え切れないほど抱き合っているのに、最初に受ける衝撃はいつも鮮やかだ。

中臣の剛直が肉襞《ひだ》に馴染むまで早川は努めて息を深くし、「ん、ん」と声を掠れさせながら腰を焦れったく揺らす。

「焦らす、な……」

「だってそのほうが拓生さんめちゃくちゃ感じるじゃん？　ほら、奥がひくひくしてる」

「あ……！」

ずんっと強く突き上げられて、早川は身体をずり上げた。ダブルベッドに男ふたり、窮屈とまではいかないが、広々と動けるほどでもない。だけどその制約された空間で身体を密着させるのが早川は好きだ。

とくにいまは発情期だし、少しでも長く中臣を感じていたい。

何度も中に出してもらって、達して、また出してもらって。

――いっそ、孕《はら》んでしまってもいいのに。

そう思うのだが、中臣は十八だ。いくら自分の運命の番だとしても、父親になってもらうにはまだ若くて申し訳ない。

……でも、いつか飽きられてしまったら。もし、俺より相性のいいオメガを見つけられたらどうしよう。アルファ側から番を解除することはできるし、彼らはまた違う誰かを選ぶことが可能だ。でも、オメガの俺には中臣しかいない。中臣に棄《す》てられてしまったら死ぬまでずっとひとりだ。ただ空《むな》しく誰にでも発情するだけの生き物になるしかない。

「拓生さん？」

甘く笑われて、「なに考えてるの」と狡《ずる》く奥を抉られて呻いた。

「もしかして俺以外の奴のことでも考えてる？　俺とのセックス、飽きちゃった？」

「そんな――ちが、う、……っあ、あっ、ん、ぅ、く、――」

つかの間ぼんやりしていた早川を咎《とが》めるように、中臣は雄々しく腰を振ってくる。じゅぽっと音を立てて男根を引き抜き、せつない空虚感に早川がしゃくり上げると、獣のようにちらっと舌舐めずりしながらまた雄芯《ゆうしん》を深々と埋めてきた。

「よそ見しないでよ拓生さん、俺のことだけ見てなきゃだめ」

「おまえしか、見て、っ……ない」

なんとか言い返すと「ほんとうに？」と間近で微笑《ほほえ》まれ、身体を抱き起こされた。

ベッドの上であぐらをかいた中臣の膝《ひざ》上に座らされ、下からぐうっと貫かれてもう意識が飛んでしまう。

「ア、あ、っ、しゅうやぁ……」

「いい？」

「いい、すごく――いい、奥、もっと突いて、突いて……っ」

狭い窄まりの中を犯し抜く男の形と熱に泣きじゃくり、早川は顔をぐしゃぐしゃにしながら彼の首にしがみついて自分からも腰を振った。

ときどきタイミングが合わさって、ときどきずれて、互いに性急に快感を貪り合う。

伝わる体温の高さから、中臣の絶頂も近いとわかる。彼ももう二度達しているから、たぶん次の射精は一番長いだろう。

「イき、そう、修哉、しゅうや、もう、もぉ、だめ、あっ、あっ、イく……！」

「ん……！」

ふたりして舌をしゃぶり合った瞬間、頭の中で真っ白な光が弾《はじ》けた。

くらくらしてしまうほどのまばゆさに背筋がぞくりとたわみ、もう射精できないぶん身体の真ん中を撃ち抜くような激しい絶頂感がもたらされる。

「たくみ、さん……」

その深い絶頂は中臣も味わっているようで、何度も何度も早川の首筋を噛みながら存分に中に精液を注ぎ込んできた。

どくどくっとほとばしる熱情に早川は喘ぎ、一滴も漏らすまいと最奥《さいおう》をきゅうっと締め付けてしまう。

「……意地悪しないでよ拓生さん」

くすくす笑う中臣に胸が痛いほどの愛情がこみ上げてくる。

出会ったばかりの頃は尖りきって誰も彼も傷つけるような男だったが、いまでは自分のすぐ前で微笑んでくれている。

汗ばんだ素肌を無防備に晒《さら》し、懐いた大型犬のように頭を擦りつけてくるから、早川もかき抱いた。

「好きだ……修哉。おまえがもし俺に飽きても……俺はずっと好きだから」

「なにばかなこと言ってんの？　俺があなたに飽きるとか死んでもないから。ああ、それとももしかして、まだし足りない？」

「え、いや、そういう、のではなくて」

「俺を焚《た》き付けてるんでしょう。言っとくけどね、俺はあなたの運命の番だよ。……なんならさ、俺たちの子、作っちゃおうか」

耳元で低く囁かれて、今度こそ本気で身体が大きく震えた。

中臣の精子を子宮に取り込み、着床させる。

発情期のさなかにあるオメガなら、いつもよりずっと妊娠しやすいと聞いたことがある。

中臣が親元を離れてからほぼ毎日のように抱き合っているので、いつ孕んでもおかしくないのだが、まだそのときではないのか、早川の身体はなかなか熟成しないようだ。

そのことを恥ずかしく思っていることにも、中臣は素早く気づいたのだろう。

軽く頬にくちづけてきて、「ね、そのときはそのとき」と言う。

「欲しくて欲しくて真面目《まじめ》に子どもを作るっていうよりもさ、できちゃうときはどんなに抗《あらが》ってもできちゃうよ」

「そう、かな……」

「そうだよ。俺、あなたの子どもだったら溺愛《できあい》しまくってずっと手もとに置いて可愛がりそう。だめな親になりそうだよね」

「そういうおまえも見てみたい」

ふたりして笑い、またキスをする。蕩《とろ》けてしまいそうなほどの快感の先に、まだ知らない深みがありそうだ。

だけど、どこかに仄暗《ほのぐら》い不安もつきまとうのだ。

棄《す》てられたら、どうしよう。

自分はもう三十三歳で、次々に相手を見つけられるほど器用じゃない。

もう少しドライにできていたらよかったのに。

快感は快感、自分は自分と割り切ってしまえたらきっともっと楽に生きられただろうに。

愛する年下の男に貫かれたままではどこまでも溶け合ってしまいたくて、一時でも離れるなんてとても考えられない。

中臣が運命の番だとわかったら余計に執着してしまう自分がいて、躊躇《ためら》ってしまう。こんな浅ましい自分を中臣は死ぬまで愛してくれるだろうか。

離したくない、離れたくない、絶対に。

でも、もしも——そのときが来たら。


中臣は大学進学をきっかけに、外でのバイトを始めた。

道を違《たが》えたとはいえ、大学教授の父親は建前を守るため学費どころか生活費も援助することを申し出たと聞いている。

『学費はまあありがたく受け取るけど、生活費は自分で稼ぐよ。いままでどおりデイトレも続けるしね』

そう言った中臣に、『だったら』と早川は提案した。

『食事は俺が作るから、食べに来い』

『サンキュ。拓生さんの肉じゃがとか卵焼き大好き。週末はオムライスにしてくれる？』

まるで子どものように顔を輝かせた中臣に、早川は笑って頷《うなず》いた。

好きな恋人のために、美味しい一皿を作りたい。

頭のいい中臣のことだから高校時代のようにデイトレーダーでもやるのだろうかと思っていたら、意外にもファミレスのバイトを選んでいた。

人手が足りなくて時給が高いのだそうだ。大学では学べないコミュニケーションもあるのだとか。

夏休み中はフルで入るので、朝七時に出かけていき、夜は八時、九時頃になってやっと戻ってくる。

若いからこそ熱心にできることだと、早川は応援している。

朝食も昼食も勤務先で食べるので、早川は中臣のために夕ごはんを用意することにした。

今日はなんにしよう。一昨日《おととい》はカレー、昨日はその残りを使ってカレーうどんだった。八月も近い夜は蒸し暑くて、いくら若い中臣でもくたくたになって帰ってくるだろう。

しばしスマホのアプリでレシピを検索し、今夜は豚しゃぶを作ることにした。これならさっぱり食べられて、スタミナもつく。

陽早《ようそう》高校の教師である早川も一応休みには入っているが、毎週一度は学校に顔を出し、部活動に勤《いそ》しむ生徒たちを見守り、校内をチェックする役目がある。

そのうえ発情期で昨日も遅くまで中臣に愛されたせいか、身体がだるい。なのに、ちょっとしたことで情欲に火が点《つ》きそうだ。

できれば一緒に夕食を食べたいので、ひとり先に風呂《ふろ》に入ってしまうことにした。

一日の汗を流し、ミントのよい香りのシャンプーで頭もすっきり洗ったところで少し意識が冴え、バスタオルをかぶって外に出た。

パジャマ代わりのTシャツやハーフパンツ、下着は全部洗い立てだから肌に気持ちいい。中臣の分も用意してベッドルームに置いてから、リビングに戻って壁にかかる時計を見上げるともう八時半だ。

キッチンカウンターに置きっぱなしのスマホを見たのだが、中臣からの連絡はない。

今日は忙しいのだろうか。いつもだったら、帰ってくる前にＬＩＮＥで『いまから帰るから』と一言あるのだが。

まあ、あまり心配するのもなんだろうと考え、テレビを点けてぼんやりする。

三十分、一時間と過ぎていき、それでもスマホは黙ったままだ。

いくらか腹が減ってきたので仕方なく立ち上がり、自分用に薄い豚肉をさっとフライパンで焼いて塩胡椒し、ポン酢をかける。ふたりならしゃぶしゃぶも楽しいのだが、ひとりだと面倒《めんどう》だ。肉は肉なのだし、これでもいいだろう。

ごはんを茶碗《ちゃわん》によそい、大根と油揚げの味噌《みそ》汁をテーブルにセッティングする。そこに新鮮な水菜と肉を盛り付けた皿も置き、ひとりテーブルに向かって「いただきます」と軽く頭を下げる。

テレビのニュースをときおり見ながら、黙々と食べていく。中臣がいない食卓は静かで、張り合いがない。いつもならその日あった出来事をふたりで話しながら食べるのに。

丸一年。

一緒に過ごしてきたのはまだ一年間で、中臣のことはまだまだわからない部分も多い。ほんとうに、父親とはきちんと決別できたのか。たまには会っているのだろうか。

虐待を与えてきた父親についてあまり語りたがらない中臣だったので、早川も彼自身から話し出すまでは無理に聞き出すことはしなかった。

中臣とて、ひとりの男だ。プライドもあるし、意地もあるだろう。あえて傷口を広げるよりも、そっとそばにいたい。

肉を半分ほど食べたところで、箸《はし》が止まった。

「……もう、いいか」

あまり食欲がなかった。夜になって急激に蒸してきたせいかもしれない。どことなく胸がつかえているので食事は半分ほど残し、冷たいミネラルウォーターのペットボトルを冷蔵庫から取り出してソファに座る。

そこでスマホを手にし、ＬＩＮＥを起ち上げた。

『今日は遅くなるのか？』

つまらないテレビを観《み》ながら数分待っているとメッセージが届いた。ぱっとスマホに目をやると、中臣からだ。

『ごめん、今日は急にバイトが足りなくなって深夜までやることになった。先に寝ていて』

『夕食は？』

すぐに既読マークがつく。

『帰ったら食べる。発情してる拓生さんごとね。自分で抜いちゃだめだよ』

「おまえは、もう」

いつもの中臣らしい台詞《せりふ》に笑い、それから『頑張って。気をつけて帰ってこいよ』とメッセージを送る。

既読マークはつかなかったので、中臣は仕事に戻ったのだろう。忙しいときに悪かったなと反省し、なんだかくさくさしてきたので缶ビールを飲むことにした。

シュワシュワと弾ける味わいは夏にぴったりだ。

一口、二口と口に運んでテレビをザッピングするけれど、ピンとくる番組はひとつもない。ビールも味気ないし、頭がぼうっとする。

もしかして、夏風邪でも引いたのだろうか。そんな先取り、いらないのだが。

ふらふらとキッチンカウンターに近づき、常備薬を詰めた箱から総合感冒薬を取り出してミネラルウォーターで飲み干す。中臣に伝染《うつ》したくないから、早めの対策が大事だ。

起きて待っていたいけれど。

おかえり、と出迎えたいけれど。

夜中になると言っていたし、しつこく待って中臣の負担になるのも困る。家でじっとり待っている自分のことが重荷にならないか、最近の早川はひどく気にしていた。

この感情は、恋人同士になる前にはなかったものだ。

隣合わせに住んでいても、ほぼ同居しているも一緒だ。

愛情深い中臣に構われるようになって、早川は自分の中にひどく甘えたがりな気質が隠れ潜んでいたことに気づいた。

逞《たくま》しくて男らしい中臣に終始べたべたしていたい。

できれば、隙間《すきま》を作らず隣に座り、手を繋いでいたいぐらいだ。

バイト先の人間関係について深く訊《たず》ねたことはないが、あれだけ見栄えのするアルファだ。大学入学をきっかけに、アルファであることをもはや隠さないようになった。そのことには実の父もさすがに黙り込んだようだ。

みな驚いたように目を留め、とりわけ女性は顔を赤らめることが容易に想像できる。

自分だってそうなのだし。

にこりと笑ったときに見える鋭い中臣の犬歯を思い浮かべると、そわそわしてくる。

腰の奥が重怠《だる》いような、それでいて身体の芯が痺《しび》れているような。

早川は今日朝早くから部屋中を掃除し、午後は受け持ちのクラスの生徒から電話があったので、話を聞いてやっていた。

中臣たち三年生を送り出したあとの早川は、普通科の一年生を受け持っていた。校長からは「またアルティメット・クラスを見てくれないか」と請われたのだが、さすがに精神的に疲弊していたので、一年は普通科に行かせてほしいと申し出た。

そして、来年また見込んでもらえるようならアルティメットの生徒を受け持つと約束した。陽早高校は普通科でも知力の高い生徒が多いので気は抜けないが、まだ一年生ということもあって明るさがある。

ただ、もう早々と大学進学について考えをめぐらせ、いまから時間を有効に使いたいという者もいるので、早川はそうした相談をいつでも受け止めるように心掛けていた。

まだ一年生なのに早くも受験のプレッシャーに耐えている姿には胸が痛むが、自立心は大切にしたい。

今日電話をかけてきた生徒は、中臣が通っているのと同じ国内一の学力を持つ国立大を目指しているので、この夏休みは塾の合宿に出かけ、集中講義を受けるとのことだ。

真剣に話を聞いてアドバイスしたせいか、思ったよりも疲れている。

こういうときに中臣に組み敷かれると際限なく求めてしまうこともわかっているから、今日は早めに寝たほうがいい。

疲れているから先に寝るな、ごめん。

そうメモに書き残して冷えても美味しい豚しゃぶサラダを皿に盛り付けてラップをかけ、木製のトレイに載せてキッチンカウンターに置いておく。

軽く顔を洗ってから、ベッドへと向かう。

昨日のふたりの熱を染み込ませたシーツは今日洗ってしまったので、いつもの中臣の香りはしない。

それが寂しくて、ベッドの空いている部分を手のひらで探り、ぽんぽんと叩《たた》く。

早く帰ってこいよ修哉。俺の隣にいてくれよ。

最初こそは勢いのある彼に引きずり回されてばかりだったのに、いまではすっかり罠《わな》にはまってしまった気分だ。

愛されるって、こんなにも狂おしいものだったのか。

以前つき合っていた玲子《れいこ》にも抱かなかった深い想《おも》いを宿し、早川はゆっくりと瞬《まばた》きを繰り返す。

いますぐ、いますぐ帰ってきたら強く抱きついてキスをして、夕食を食べさせる前にベッドルームに引きずり込んでしまうかもしれない。

みっともない年上の男だなと自嘲《じちょう》気味に笑って、早川は瞼《まぶた》を閉じた。

発情期なのだし絶対に眠れない。そんなふうに思っていたのだが、日々抱かれた疲労感が押し寄せてきて次第に意識は蕩け、早川は夢の世界へと落ちていく。

だが、その夜、中臣は帰ってこなかった。真夜中になっても。明け方になっても。

朝、早川が目を覚ましても、ベッドの隣は空のままだった。


次に中臣と会えたのは三日後のことだった。

「ごめんごめん、ぜんぜん連絡できなくて」

夜、玄関がバタバタしたと思っていたら、キッチンで夕食を作っていた早川のところに中臣が姿を現した。

「電話もしなくてごめんな。心配したよね」

「べつに。おまえにだっていろいろあるだろうし」

澄ました顔で言うが、じつはちょっと腹を立てている。

「バイト仲間が急に辞めちゃってさ。みんなでシフト埋めるので必死になってるんだよ」

こちらからも何度か連絡していたのだが、一向に返事がなく、部屋を訪ねてもいつも留守だった。

いままでこんなことなかったのに——いやでも、事情があって実家に戻っているのかもしれないし、今日明日待ってそれでも連絡が取れなかったら真剣に対応を考えようとしていたところなので、苛立《いらだ》つと同時に安堵《あんど》してしまう。

「ほんっとごめん」

申し訳なさそうに両手を合わせる中臣が頭を下げると同時に、ぐるるると妙な音が聞こえてきた。腹が鳴る音だ。

よほど空腹なのだろう。ぷっと吹き出し、「なにか食べるか？」と訊《き》いてみる。

「ちょうどチーズハンバーグを作ろうとしてたところなんだ」

「いいの？　俺の分もある？」

「多めにひき肉を買ってきてるから、待ってろ」

「んじゃさ、俺、ちょっとシャワー使わせてもらってもいい？　汗かいちゃって」

「いいよ。部屋着、いつものところに置いてあるから」

「ありがとう」

にこにこする中臣が頰に軽くくちづけて、バスルームへと駆け込んでいく後ろ姿に笑ってしまう。なんだかんだ言って惚《ほ》れた弱みで厳しく追及できない。

再来年には彼も二十歳になる。そうしたら無事に成人だ。

酒も煙草《たばこ》も許されて、社会的責任を背負うことにもなる。

そうでなくても大人っぽい中臣のことだ。ばかな真似《まね》はしないだろうと信じている。

ハンバーグのタネを多めに作ってボウルでよく捏《こ》ね、温めたフライパンに並べる。

真ん中をへこませた俵型のタネがじゅうっといい音を立てた。

ハンバーグは焦げやすく、生焼けを起こしやすいので、目を離せない。

慎重に火加減を調整しながらグリーンサラダを手早く皿に盛り、ハンバーグが焼けたら蕩けるチーズを載せる。ちょうどそこで中臣がタオルを頭からかぶってキッチンにやってきた。

「気持ちよかったぁ。おっ、もしかしてグッドタイミング？　運ぶよ」

「ありがとう。スープじゃなくて、ワカメと豆腐の味噌汁にしたんだけどよかったか？」

「いい、いい、大好き」

嬉しそうな中臣と一緒に皿をテーブルに運び、笑顔で向かい合わせに座る。

「いただきます」

「はいどうぞ」

中臣は大きめのハンバーグを丁寧に箸で切り分け、口に運ぶ。すぐに笑顔で頷き、「美味しい」とごはんをかき込む。

外食ならフォークとナイフ、ライスも皿に盛るのだろうが。ふたりの食卓では和洋折衷だ。

やっぱりふたりの食卓は楽しい。

自分はずっとひとり暮らしだったし、家族にも愛された覚えはない。

オメガだという本性を隠して生きてこなければならなかった日々は窮屈で、両親は腫れ物に触るような態度で早川にアルファの仮面をかぶらせ続けてきた。

それは、いまでも続いている。陽早高校は裕福なアルファやベータの子息を預かるので、教師陣ももちろん高学歴のアルファもしくはベータだ。オメガが入る余地はない。

校長も教頭も同僚も知らない事実を、目の前の中臣だけは知っている。ほんとうは、早川がオメガであることを。

「拓生さん、ずっとこの先も陽早高校?」

「ん? ああ、うん……どうしようかなと最近思ってる。ベータ中心の公立高校に移ってもいいし……いっそオメガだということを公表して、施設寄りの学校の教師になるのもいいかなって。俺には……隠れオメガのつらさがわかるからさ。でも、おまえに迷惑をかけたくない」

「なに言ってんの? なにが迷惑なんだよ。そんなのひとつもないって」

「でも、おまえはアルファだろう」

「そうだけどさ、そういうクラス分け、そろそろ卒業しようよ」

十八歳には思えない大人っぽい微笑みに見とれ、早川は味噌汁を飲む手を止める。

「俺は確かにアルファだけど、あなたと同じ、身体に流れる血は赤い。抱えている臓器だって一緒。子宮はないけど、でもそれだけで差別されるのってやっぱり変だよ。オメガじゃなくても男が子宮を持つことは今後可能性があるって科学的に照明されているんだし。この間も言ったように、できるときはできるんだよ。誰にでもね」

「……うん」

励まされて、落ち着いた。

食後のお茶を淹《い》れて中臣にも渡し、ソファに移動する。

早川が中臣の部屋に行くこともあるのだが、ベッドと本棚、クッションぐらいしかなくて、ふたりで過ごすのは早川の部屋のほうが向いている。

オフホワイトのソファに男ふたりで座ると肩や肘《ひじ》がくっつくほどだが、それが嬉しい。

今夜は前から中臣が興味を示していたホラー映画をネットの動画サービスで探し、観ることにした。

中臣はアクションやホラーが大好きなようで、どんなに残酷なシーンでも怯《ひる》まない。一方、早川が好きなのはアクションとあまり流血沙汰《ざた》にならないサスペンス。ゾンビ映画が大の苦手なので、ＣＭで出てきたら素早く目を逸《そ》らす癖を身に着けている。

「ホラーか……『ＲＡＷ』ってどんな内容だ？」

「ふふ。結構怖い。というかエグい」

「エグい？」

「カニバリズムを主題にした話なんだよね」

「な、なんだそれ。俺はだめだ。気絶する」

「大丈夫。すごく綺麗《きれい》な映像で、女性が主人公なんだ。どうして人が食べたくなるのか、エキゾチックに描かれているって評判なんだよ」

人食いにエキゾチックもクソもあるか。そう言いたいが、映像はもう始まってしまったので、腹をくくり、薄目でテレビ画面を見る。

どうやらフランス映画のようで、とても洗練された色合いの映像だ。

主人公の女性も美しいし、獣医を目指して大学に入ったものの、過酷な新入生歓迎の儀式を受けてしまったことで人の肉に目覚め——という内容で、ときどき早川は固唾《かたず》を呑《の》んだり、たまに呻き声を漏らして中臣の肩に顔を押しつけたりした。

血が流れる場面はやはり直視できないのだが、愛するひとを食べたくてたまらないという衝動に駆られていく主人公の内面には惹《ひ》かれるものがある。

セックスも、そういうものではないだろうか。

食べる、というところまではいかなくても、相手の中に挿り込み、深く挿ってもらい、熱い体液を交換する。

それが高じて新しい命を授かることもあるのだから、愛するパートナーを自分の中に入れてしまいたい衝動は誰にでも大なり小なりありそうだ。

そう、自分にも。

衝撃的な映像が終わり、エンドロールが流れる頃、早川は身体の疼きを覚えて中臣に擦り寄り、その首筋に柔らかく噛みついてみた。

「もしかして、俺が食べたい？」

「そういうんじゃない……けど」

「俺は拓生さんを食べちゃいたいけどね。そうしたらもう誰にも取られない。永遠に俺だけのものだ」

ぐっと顎《あご》を押し上げられて喉元深くに歯を突き立てられ、「――あ」と声を掠れさせた。

今回の発情期はそろそろ終わりそうなのだが、最後の燃え滓《かす》をかき回されると激しく火の粉を舞い散らせてしまう気がする。

思い切って自分からのしかかろうとすると、不意に中臣のジーンズのヒップポケットからスマホの呼び出し音が鳴り響いた。

無粋な呼び出しに中臣は顔を顰《しか》めるが、「ごめん、ちょっと出てもいい？」と断りを入れてくる。

「ん……」

「すぐ戻るから待ってて」

立ち上がった中臣はソファを離れ、「お疲れさまです」と電話の向こうに話しかけながらリビングを出ていく。バイト先からの連絡か。

燻《くすぶ》った熱を持て余し、早川は舌打ちしながらごろりとソファに寝転がり、クッションを抱きかかえた。

「なんだよもう……」

いいところだったのに。

ふてくされたい気分でクッションに顔を埋《うず》める。

こんな姿を見られたら子どもっぽいと笑われそうだ。でも、あと少しで甘い雰囲気に浸れそうだったから、肩すかしを食らってしまって物足りない。

思っていた以上に中臣の濃い愛情の虜《とりこ》になっているようで、恥ずかしい。

これが三十三歳の教職に就く男がやることか。そう自分をたしなめるが、この一年ほとんどぶっ続けで毎日愛されてきた身としては、ほんの少しの隙間も寂しい。

……甘えたい。甘えられたい。

リビングの向こう、廊下に出て喋《しゃべ》っている中臣はまだ戻ってこない。たまに、呆《あき》れたような笑い声が届いてくる。

「いまから？　ちょっと無理ですって、……うん、そう、……うん、でも……マネージャーが急病かぁ……そっか、気になるな」

誰と話しているのか。中臣には中臣のテリトリーがあって、プライバシーも当然ある。この部屋に泊まっていくとき、中臣は当たり前のように財布やスマホをキッチンカウンターの上に置いていく。

もちろん、早川はそれらに触れたことは一度もない。

恋人がどんな毎日を過ごしているか気になるあまり、相手の持ち物をつぶさにチェックするひともいるようだが、それはさすがにルール違反ではないかと思う。

自分だって、そんなことをやられたら嫌だ。

でももし、浮気をされていたら？　どこかの誰かにこころを移されていたら？　もしもいま、まさにその誰かと話をしていたら？

霧のような不安は瞬く間にひたひたと広がり、胸を黒く覆い尽くしていく。愛される力が強ければ強いほど引きずられて、いつの間にかそれなしではいられなくなってしまっていることに早川は気づき、落胆する。

自分はこんなに狭量な性格だっただろうか、と。

気になることがあれば本人に直接訊けばいい。中臣のことだ。ちゃんと話してくれるだろう。

だが――誰とどんな会話をしているんだ？　なんていう、弱々しいことを口にはしたくない。

そんなことを言ってしまって鬱陶《うっとう》しい、重たいと思われるのが怖くて、早川はため息をつき、起き上がった。

やけに落ち込むし、さっきのハンバーグがもたれているせいか、少し気分が悪い。胃薬を飲んでいると、電話を終えた中臣が戻ってきた。

「ごめん、待たせて。どうしたの気分悪い？　風邪かな」

「いや、それほどでもない。大丈夫だよ。さっきの映画のせいかも」

「でも……病院行かないでいいのか。無理するなよ」

真面目に言われて、拗《こじ》れていた気分がいくらか和らいだ。

悪いなと思ったが、中臣は心配してくれている。それが嬉しいから、早川は「今日はもう寝るよ」と言った。

「おまえも部屋に戻れ。もし風邪を引いていて伝染したら悪いから」

「心配だな……そばにいる」

「だめだ。帰りなさい。なにかあったらすぐにそっちに行く」

冷静に言うと、中臣はふくれっ面をするが、ちょっと可笑《おか》しそうだ。

「そういう言い方されるとあなたの生徒に戻った気分だね。先生呼びしながら抱いてあげようか？」

「……また今度な」

ほんとうはいますぐ抱いてほしいけれど。

発情期が無事に終わりそうなのだから、あえて火を起こすこともないだろう。今日は強めの抑制剤も飲んでおこう。

まだ部屋にいたそうな中臣を隣の部屋に帰し、早川は寝る前のシャワーをさっと浴びて早々にベッドにもぐり込んだ。夜の十一時だけど、もういい、もう寝よう。

瞼を閉じてなんとか眠ろうと努めていると、枕元で充電しているスマホがふわりと明るくなった。

ふと顔を上げるとやっぱり中臣からのＬＩＮＥだ。

『無理しないでいつでも呼んでよ。あなたは俺の大事なひとなんだからさ』

十五歳も下なのに、甘い言葉をさらりと言ってくれる。照れつつも、『ありがとう、おまえもちゃんと寝ろよ』と返事してスマホをスタンドに戻した。

すると、いくらも経《た》たないうちに今度は呼び出し音が響いた。寂しがる中臣か。

嬉しさに胸を温めながらスマホを手に取ると、液晶画面には『実家』と表示されている。

めったに連絡をしてこない実家がいったいなんの用なのか。

母の声を久しぶりに聞いて、早川は訝りながらもとりあえず身体を起こし、ベッドヘッドのランプを点ける。

「……もしもし？」

『拓生さん？　起きてらした？』

「はい、起きてました。どうしたんですか」

『あなたに大事なお話があるの。いま、おつき合いしてるひとはいらっしゃるのかしら』

血の繋がった親子なのに母の声は独断的で醒《さ》めている。そして強引だ。挨拶《あいさつ》もそこそこにいきなり切り出されて二の句が継げない。

彼女もオメガなのだが、自分の血を引いてしまった我が息子をこころの底で憎んでいることは幼い頃から知っていた。アルファである父親の血を受け継いだ子が欲しかったのだ。

アルファとオメガが結ばれた場合、優性遺伝でオメガの子どもが生まれる確率が高いことは現在の医療機関による研究結果でもわかっている。

ただ、このまま放《ほう》っておくわけにもいかないようで、どうにかしてアルファの血がより濃く出る子どもが出生できないか、極秘裏に研究が進められているということも、ネットの噂《うわさ》で聞いたことがある。

そうまでして、ひとびとはオメガを封印したいのだ。

ひとが隠しておきたい劣情を露骨に煽る存在を。

それ以外は無害なのに、どうしてここまで迫害されるのだろう。実の母ですら、味方でいてくれたことは一度もなかったように思う。

『拓生さん？　訊いてるのかしら。おつき合いしているひとは？』

「い、……います、が」

『そう、なら申し訳ないのだけれどその方とのおつき合いはやめなさい。お父様のほうでとてもよいお嬢さんを紹介していただけそうなのよ』

「は……？」

『間違いなくアルファの女性で、とてもよいお家柄。穏やかだし可愛らしいし、あなたの事情もわかっていて結婚してくださるそうよ。知ってるかしら。オメガ男子とアルファ女子の組み合わせの場合は、アルファの子どもが高確率で生まれるそうなの』

電話の向こうから聞こえてくる弾んだ声が自分の母だとは思いたくない。

早川をオメガだと明かすのはまだいいが、結局はアルファの血筋を大事にしたいだけだ。自分たちの体面を保ちたいだけだ。

長いことアルファの傲慢《ごうまん》な父親に寄り添ってきたせいか、母の口調はもうすっかりアルファのそれだ。

暗澹《あんたん》たる思いで母の話を聞き、とにかく断ろうとしたのだが、彼女は昔からひとの話を聞かないたちだ。

『あなたのためを思って言ってるのよ、拓生さん。とにかく来週の週末にうちに帰っていらっしゃい。詳しい話をするから』

「でも、俺にはこころに決めたひとがいます。結婚はできません」

『ばかなこと言わないの。どうせ発情期中に出会ったつまらない相手なんでしょう。いいから、私の話を聞きなさいね、お父様はお忙しいから私から話すわ』

それから母は来週土曜の午後一時に世田谷の自宅を訪ねること、と言って、電話を切ってしまった。残された早川は茫然《ぼうぜん》とするだけだ。なにがどうなっているのだろう。

来週末までそう日がない。

約束を待たずに実家に戻り、この際だからいっそ縁を切ってやりたくなる。

いい大人になってまでも親に縛られている自分が情けない。中臣だって威圧的な父親の支配から抜け出したのに、自分と来たら。

歯嚙みをして、早川はため息をついてキッチンへと向かった。すっかり眠気は去ってしまっていて、ビールでも飲まないとやっていられない。

恋人はつまらない相手なんかじゃない。自分よりずっと年下だが、正真正銘のアルファで、父親は有名大学の教授だ。

そう明かしたら、母は、両親はどんな顔をするだろう。手のひらを返したかのように媚《こ》びへつらうかもしれない。『あなたは見る目があるのね』と。

——いいや、それだけは嫌だ。

ようやく自分の意志で父の支配から逃れた中臣なのに、都合のいいときだけ親の威光を借りることはさせたくない。

ましてや、自分の結婚のために中臣を利用するなんてあり得ない。それでももしも中臣が思い出したくない過去を掘り起こしてしまったら。

絶対に、嫌だ。自分ひとりでなんとかしなければ。

冷蔵庫から取り出したビールを一口呷《あお》り、早川はぐっと拳《こぶし》を握る。

自分は自分らしく、ひとりの大人としてしっかりと立ち、中臣を守りたい。

窓に歩み寄り、カーテンを開いて都会の夜空を見上げた。

月も星もなく、人工的な灯《あか》りに照らされた無機質な街が見えるだけだ。

隣室の中臣はもう眠っているだろうか。

隣に行って、中臣のベッドにもぐり込み、あの広い背中に縋《すが》り付きたい。抱き締めて、落ち着く匂いを嗅《か》ぎたい。

発情期の名残を身体の奥底に感じながら、早川は窓のそばに立ち尽くしていた。

その日の朝、早川は鬱々とした思いで瞼を開き、だるい身体を引きずってバスルームに飛び込んだ。真夜中に冷房が切れて寝苦しい夜だった。

そうでなくても、今日、両親と久しぶりに会うというストレスが夢にも現れ、なんとも後味の悪い目覚めを迎えたのだった。

中臣は今日、終日バイトだと聞いている。

早川がこの数日ずっと冴《さ》えない顔をしていることに気づかないほど鈍感ではないから、相当心配し、「ねえ、どうしたんだよ、なにか悩みごとがあるなら相談してよ」と言い募ってきたのだが、「ほんとうになんでもないって、暑気あたりだよ」と返すので精一杯だった。

ほんとうに今年の夏はひどい暑さで、頑丈な人間でも音を上げるような気温が続いている。早川は当番で学校に行く日以外は室内に閉じこもり、新学期から始まる授業の用意に努めたり、生徒たちと電話で連絡を取り合ったりしていた。

幸いなことにどの子も楽しい日々を過ごしており、勉学に励みつつもまだ受験が迫っていない高校一年生の夏休みを満喫しているようだった。

問題なのは、自分だ。ここできっちりと両親と線引きをしないとこの先もずっと圧力をかけられる。縁を切るまでいかなくても、もう自分のことは自分で決めると宣言しなければ。

外見にこだわる親のためにきちんとした印象のオフホワイトのボタンダウンシャツと濃いブラウン

のチノパンを身に着ける。

髪も整え、整髪剤が残る手を洗っていつも使っている明るい紺のナイロンバッグを持って玄関の扉を開けるなり、早川は、あっと声を上げた。

「修哉、なんでおまえ……」

もうとっくにバイトに出かけたはずの中臣がそこに立っていた。逞しい肢体に紺の清潔なシャツとサンドベージュのチノパンが粋だ。

腕組みをし、ちょっと怒った顔の中臣が腕を摑んでくる。

「出かけるんだよね。俺も行く」

「俺も、って、え？　い、いや、俺はその、実家に戻るだけで」

「だから俺も行く。ちゃんとあなたのご両親に挨拶をしておきたいからね」

「修哉……」

なにも言わなかったつもりだが、思い悩んでいたことがすべて顔に出ていたのだろうか。至らぬ己を恥じながらも、早川はそれでも止めようとした。

「ほんとうに大丈夫だ。しばらく帰ってないから、顔を見てくるだけだ」

「でもそこであなたを奪われたら？　拓生さんが望んでない未来を押しつけられたら？」

深く切り込んでくる男に声を失う。

「俺はわかるよ、そういうの。親にはさ、自分の子どもにならなんだってしていいって思ってるタイプがいる。意のままに動かして、自分の駒《こま》としか思ってない。俺の親だってそうだったから、逃げた。それは弱いことでも悪いことでもない。俺が俺らしくあるために必要なステップなんだ。――たぶん、あなたも似たような状況に陥ってるんだよね？」

「……気づいてたのか」

「隣同士で住んでいて、あなたの異変に気づかないとでも思う？　俺、そこまでばかじゃないよ。あなたが好きで好きでたまらないから、表情ひとつ見落とさない」

自信たっぷりに言う中臣が可笑しくて、少しだけ気が解《ほぐ》れた。

「あなたはアルファの仮面をかぶらされて生きてきたんだ。そこにはきっと、ご両親の無理強いが働いているよね」

まっすぐな視線が痛いけれど、そらせない。息を呑み、早川はこくりと頷く。

「……ああ、おまえの言うとおりだ。だから、今日ちゃんと話をしてくる。もう俺は独り立ちすると」

「だから、俺も一緒に行くよ」

「おまえにまで迷惑をかけるわけにはいかない。修哉、これは俺の問題で」

「俺の問題でもあるんだよ、早川拓生さん。そんなに俺が頼りない？」

くすりと笑い、中臣は早川の腕を引っ張って歩き出す。

「大丈夫。俺はね、あなたに命を救ってもらったときからもうずっとそばを離れないと決めてきたんだ。だから、一緒に行かせて。俺があなたのパートナーだってちゃんと紹介させてよ」

「修哉……」

そこまで言われてしまえば、もう止める手立てはない。

夏の陽射《ひざ》しは十八歳の中臣を年齢以上に男らしく見せる。

青空の下、ふたりはゆっくりと最寄り駅に向かって歩き出した。タクシーで行こうか、と誘ったのだが、「節約節約」と中臣らしくないことを言われて苦笑してしまう。

いいところの育ちなのだが、案外倹約家だ。

真夏の太陽は見慣れた都心をふわりと浮かび上がらせ、ビルや行き交うひとびとのアウトラインをまばゆくさせる。背中を伝う汗がなんだか新鮮だ。

早川の自宅がある駅から徒歩で十分ほど歩くと、茶色の塀がずうっと辻の向こうまで続いているのが見える。

「……もしかして、ここ？　あなたの家って」

「ああ。無駄に広いよな」

「すごい、俺んちよりもずっと広いよ」

「お互いに実家だけは立派だもんな」

「だね」

顔を見合わせて笑い、午後一時ちょうど、早川は久しぶりに自宅のチャイムを鳴らした。すぐに『はい』と女性の声で応答があったので、「拓生です」と言うと、『お待ちしておりました』と聞こえ、隣の鉄の門が内側に向かって開く。

「いまのってお母さん？」

「いや、住み込みの家政婦さんだよ。昔からうちにいてくれている」

「へえ……、うちにも家政婦さんがいたけど通いだったよ。親父《おやじ》は自分の好きなときに俺を殴りたかったからね、住み込みだといろいろ困ったんだろうよ」

修哉、と言いかけたが、その横顔は意外にもすっきりしている。まるで青い空を瞳《ひとみ》の中に取り込むように顔を上げていた中臣が、「入ろう？」と言ってきた。

「入っていいんでしょ？　行こうよ」

「あ、……ああ、うん。でもいまさらだけど、いいのか、ほんとうに。俺の両親はおまえのお父さん以上に建前と本音を使い分けるぞ」

「そんなのいまさらいまさら。毒親には慣れてるから平気」

さらりとかわす中臣が軽く肩を抱き寄せ、中へと入っていく。

それなりの広さがある家なので、門から玄関まで美しい庭が続き、濃い緑が影を落としている。玄関ポーチに着くと同時に扉が開き、母親本人が姿を現した。

青い品のあるフレアワンピースに身を包み、綺麗に髪を巻いた彼女はどこかで歳を取るのをやめてしまったかのようだ。

運命の番に出会った早川自身と同じく、いまは父にしか発情しない身体だが、やはり蠱惑《こわく》的で目遣いひとつに色気が漂う。

自分もこんな顔をしているのだろうか。こんなふうに意識せずに誰かを誘うような仕草を取っているのだろうか。

「久しぶりですね、拓生さん。……そちらの方は？」

「先生の元教え子です。中臣修哉と申します」

中臣が生真面目な顔で頭を下げる。

礼儀にうるさい母はちらりと中臣を見て、顎を軽く引いた。

オメガだからか、息子の自分から見ても飛び抜けて美しい女性だ。だが、どこか怖くなるほどの歪みを感じる。それは彼女がオメガだからというのではない。

アルファに焦がれて焦がれて、できることなら身体に流れる血を全部アルファのものと入れ替えたいと願うほどの激しい劣等感から生まれるものだろう。

アルファの父に必死についてきた彼女の姿を幼い頃から見てきたのだから、間違いない。そんな母の姿を、早川はなじることができなかった。

オメガ女子に生まれた母には、彼女にしかわからない苦悩が数多くあったはずだ。そして、オメガ男子の自分を産んだことについても。

「暑かったでしょう。まずは中にお入りなさい。冷たい飲み物を出しますから」

「お母さん……」

ほんとうは玄関に入る前に決着をつけてしまいたかった。家の中に入ってしまえば、母の強引なやり方に搦《から》め取られてしまう。

だが、細身でも強靭《きょうじん》な意思を秘めた背中は冷ややかで思わず釣られるように一歩踏み込むと、その肩をぐいっと力強い手に引き戻された。

「――修哉」

「大丈夫」

くちびるだけを動かす中臣が頷く。そして、とてもやさしい声で、「お母様」とほっそりした背中に呼びかけた。

「飲み物をいただきたいのは山々ですが、僕からここでお話ししたいことがあります」

「なにかしら。居間でゆっくり伺いたいのだけれど」

鞭《むち》のような鋭い視線をさっと振り下ろす母は、中臣がアルファだと気づいているのだろうか。わからない。その鉄のごとく整った顔からは豊かな表情が感じ取れない。

「中臣さんとおっしゃったわね。こんなところではなんだから、中へ――」

「いいえ、ここで。お部屋に上がったら永遠に拓生さんを失いそうですから」

起爆剤のような一言に、ゆっくりと母は振り向いた。

ふわりとスカートが女らしい腰にまとわりつき、我が母ながらその優雅さと気品に息を呑む。持って生まれたものではなく、もがいて、あがいて、どうにか手にした品格だ。

「じゃあ、せめて私はそこのソファに座っていいかしら。どうやらとっても大事なお話のようですものね。手短に済ませていただけたら助かるのだけれど」

母はため息をつきながら広い玄関の左側に据えられたゴブラン織りのソファに腰を下ろす。すぐ横に来客用のウェイティングルームがあるのだが、ここでは靴を履いたりコートを脱ぎ着するためにソファが置かれているのだ。

母はゆったりと背もたれに身体を預けると、綺麗な足を組む。そして、腕を組んだ。

意に沿わない言葉は一切受け付けないという見慣れた態度だ。

「吸って構わないわね」

断定的に言い、母は片手に持っていたちいさなポーチから煙草を取り出す。

大粒のダイヤモンドが埋め込まれたライターで火を点ける仕草まで映画女優のように洗練されているが、早川の胸は澱《よど》む。

よく幼い頃、母に煙草の煙を吹きかけられながら叱《しか》られたものだ。彼女の喫煙歴は長く、たとえアルファの夫と広い邸宅、約束された未来を手に入れてもこれだけは止《や》められない悪癖のようだ。

白い煙をふうっと吐き出す母が、「それで?」と言う。あくまでも視線は中臣に据えられている。

なにか文句でもあるのか、とでも言いたげだ。

「なにかしら」

「今日は大事な話をしに参りました。先生を、僕にください」

そう言って、中臣は深々と頭を下げる。

「――今日を境に、拓生さんはこの家には戻りません。あなたたちの監視を離れ、僕の大事なパートナーになります」

「……あなた、なにを言ってるの？」

ふっとくちびるを吊《つ》り上げる母は中臣をまっすぐ見据え、それからすいっと横に視線だけ動かす。まるでよく研いだナイフのような視線を、息子である早川に。

「……あなたに拓生をやる？　この家に戻らない？　パートナー？　なにをばかなことを言ってるの。拓生は私たちが決めたお嬢さんと」

「拓生さんは、僕の番です」

今度こそきっぱりとした口調で言った中臣に、母がはっと目を瞠《みは》る。

番――運命の番。それは、住む世界が違うアルファとオメガを引き合わせる唯一の言葉で、強力な鎖を持つ揺るぎないキーワード。

「あなたは……アルファなの」

「はい。父は大学教授です」

そこで中臣は父の身柄を明かし、学生証も取り出した。

偽りのない言葉だとわかって母の頬が引き攣《つ》る。中臣が自分たちと同じ世界に住まう者だとわかって動揺しているらしい。

オメガの母としては、アルファの父に縋り付いて生きてきたように、中臣にも簡単には抗えないようだ。

どうにか次の言葉を探して忙《せわ》しなく煙草を吸う母の姿に憐れなものを感じるが、自分は彼女がいなかったらこの世に生まれ出《い》でず、そしてまた、中臣と愛し合うこともなかったのだ。

言いたいことはたくさんある気がするのだが、どれもいまは口にしないほうがいい。

「……あなたのお父様は承諾済みなのかしら。第一、歳の差があるわね」

「十五歳離れていますが、番にはそうしたことは関係ありません。僕ももう十八ですしね。拓生さんのお母様とお父様がご紹介くださるお嬢さんには、きっと他にお似合いの方がいますよ。僕には拓生さんしかいません。拓生さんを僕にください」

年下の男の口から出た言葉に、早川は真っ赤になりうつむいた。

こんなところでプロポーズされるとは思っていなかったのだ。母にも負けず劣らず落ち着きを失い、手のひらをぎゅっと握り締める。

背中に汗が滲《にじ》み、つうっと滴り落ちていく。

それでも、母はぎらりと睨《にら》んできた。

ひどく悔しそうで、あからさまに憤怒《ふんぬ》の表情を浮かべている。見たこともない夜叉《やしゃ》の面に早川は内心怯むが、――いやここは怖《お》じけづいている場合ではない。中臣が先陣を切ったのだ。

自分も勇気を出さなければ。

生まれてこの方一度も楯突《たて》いたことがない母に向き合い、早川は深く息を吸い込む。

「お母さん――いいえ、美沙子《みさこ》さん、俺はあなたの息子としての役目を終えたいと思います」

早川美沙子の息子として生を受けて三十三年。

けっして出来のいい子どもではなかった。

オメガであることをひた隠しにしなければならず、アルファとしての顔を守るために誰よりも努力を積み重ねなければならなかった。

オメガ女子の母のプライドのために。アルファ男子の父の名誉のために。でも、ここから先は自分の人生だ。

肉親と縁を切ってでも、中臣との未来を選び取りたい。嫌われてもなじられても、一生憎まれても構わない。

「お父さんの善継《よしつぐ》さんにも、どうぞよろしくお伝えください。俺は、修哉の番として生きていきます。オメガであることを、もう隠したりしない」

「……は、」

母がくちびるを歪ませ、煙草をいきなり投げ捨てたかと思ったら綺麗なハイヒールの爪先《つまさき》でぎゅっと押し潰す。

それはまるで、目の前の我が息子の言葉を踏みにじるかのように。

「あなた、いつからそんなばかになったの？　番？　まさかそんな御伽噺《おとぎばなし》を本気で信じているんじゃないでしょうね。その子に無理やりうなじを噛まれたのかしら」

「いいえ、まだです。でも、修哉にこころから惚れ込んでいます。彼以外の子どもを生むことは――」

最後まで言わせてもらえなかった。

パン、と乾いた音とともに頬を強く叩かれ、早川は目を瞠った。火が点いたかのように頬が熱い。

幼い頃はよく躾《しつけ》と称して殴られたものだが、いい大人になってまではたかれるとは。

驚きのあまり言葉を失う早川の目の前で、母の目縁にみるみるうちに涙が盛り上がっていく。

「あなたは――あなたはなにもかも台無しにするのね。いまになって私たちを脅すのね。なんて……

ほんとうになんて子なの。あなたがオメガだと知られたら私たちは」

「誰にも言いません。そう約束すれば、安心できますか？」

中臣がすっと前に出て早川の盾になる。

「あなた方の体面を守ることを誓えば、拓生さんは僕がいただけますか？」

「そんなばかげた取り引きは――」

「できない、とは言わせません。僕はどんな力を使ってでも拓生さんを守っていきます。拓生さんを奪います。愛します。なにがあっても」

十八歳の男の言葉とは思えないほどの力強さに、早川は胸を熱く震わせた。油断すると、涙が溢《あふ》れそうだ。

誰かに庇護《ひご》され、愛されていくというしあわせが、自分にもたらされるとは思っていなかった。そ

れも生涯を懸けてまで。

相手を選び放題であるはずのアルファの中臣に、ほんとうに自分はふさわしいのか。

そばにいていいのだろうかとまだ迷いはかすかに残るが、自分の意志を示すためにも彼の腕をそっと摑んだ。

「美沙子さんと善継さんにこれ以上迷惑をかけないためにも、縁を切ってくださって構いません。俺は勝手に家を出て行ったということにしてくだされば」

「ほんとうにそれでしあわせになれると思ってるの？　あなたはオメガなのよ。死ぬまでオメガよ。アルファと番になっても棄てられる可能性があるのよ。孕まされるだけの道具になることを認めるの？　このままアルファのふりをしていればそんな目には――」

最後は金切り声だった。

涙が滲む声だった。

「人生を偽ってまで得たいしあわせはありません。陽早高校も辞めて、俺は公立校か施設の教師になります。俺と同じように悩んでいるオメガを救いたい」

「大層なことを言うわね」

早川の落ち着いた声に、美沙子は茫然としていたが、やがてため息をついた。

深く、静かに、腹の底からなにかを吐き出すように。

怒りも苛立ちも、早川自身の存在も追い出すかのように。

そして、こめかみを押さえてうつむく。

「――縁を切るということね？」

「はい、その覚悟です」

「私たちが……新しい養子を迎え入れても文句は言わないということね？」

「……はい。ご自由になさってください」

「そう」

息を吸い込み、美沙子は再び煙草を咥える。そこにもう涙はなかった。なにかを飛び越えたような決然とした表情で、「……そう」ともう一度言う。

「では、出ておいきなさい。お父様には私から話します。あなた自身の我《わ》が儘《まま》でアルファと番になったのだと伝えておきます。以後、うちの門は二度と跨《また》がないでちょうだい」

「わかりました。もうお会いすることはないかもしれませんが、いままでありがとうございました。……お元気で」

「子どもが生まれても見に行かないわよ」

冷たく笑って美沙子は立ち上がり、ワンピースの裾をふわりと翻して部屋の奥へと入っていってしまった。

玄関から一歩も上がらずに話が終わったことに息を吐《つ》き、早川は中臣とともに家を出る。

しばし無言で歩き、大きな邸宅をあとにしてどちらかともなく口を開いたのは最寄り駅に着いた頃だった。

「……やっと自由になったね」

「そうだな」

もっと重苦しい気持ちになるだろうかと危ぶんでいたが、夏の青空が広がる下、思っていた以上に清々《すがすが》しい。

狭く、息苦しい籠《かご》から放たれた鳥になったような気分だ。

強い陽射しをもっと広い場所で浴びたい。このままどこか海にでも出かけ、ゆったりと過ごしたいぐらいだ。

「なあ、修哉、今日はバイト行かなくていいのか」

「ん、今日と明日は休み。家に帰ってゆっくりする？」

「よかったら、海に行かないか。どこかに一泊して食事して……」

「ふふ、ハネムーンベイビーでも作る？　ふたりで新婚旅行しちゃおうか」

中臣が悪戯っぽく笑いかけてきたので、早川も照れて頷く。

「湘南でも行くか。それとも伊豆とか」

「伊豆に行こうか。まだ一時過ぎだし、急いで電車に乗っていこう」

「着替えとかどうする？」

「下着は向こうのコンビニで買えばいいよ。電車内でホテルを探そう」

「そうするか」

突発的な逃避行にうきうきとしてきて、ふたりで急いで伊豆行きのルートをスマホでチェックする。

中臣が電車を調べてくれている間、早川は向こうのホテルを探した。

夏休み中だからどこも混んでいるが、幸いなことに海沿いのホテルにスイートルームがあるのを見つけ、奮発してしまうことにした。

そこから先は急いで電車を乗り継ぎ、他愛ない話をしながら伊豆へと向かう。

夕刻過ぎには美しい海岸へとたどり着き、ふたりで豊かな潮風を全身に浴びた。

「いい風だ……俺たち、今日から真のパートナーだね。ホテルにチェックインしたら、すぐにあなたを抱きたい」

「夕食前に？　時間はあるんだし、慌てなくても……」

「だーめ。俺は我慢できない。ね、あなたは気づいてないかもしれないけど、さっきからずっと甘いフェロモンが出っぱなしで俺は煽られてんだよ」

指摘されてかあっと頰が火照る。実家で決意表明したのをきっかけに、フェロモンの分泌がいささか狂ったのだろう。発情期は終わっているはずなのだが、中臣に肩を抱き寄せられるとふわりと体温が上がってしまう。

「修哉……」

寄り掛かって、そういえば、とふと思い出したことがあった。

「……おまえ、俺に隠してることはないか？」

「は？　なに突然」

「この前さ、誰かと親しそうに電話で話していただろう。あれって、バイト先の子か？」

「当然じゃん。あれはただのシフトチェンジを申し入れられただけの話。マネージャーがちょっと体調崩してさ。なんだ、気になってたんだ。可愛いな拓生さんは」

くすくす笑う中臣が横顔にくちづけてきて、それからするりと早川の下腹に手を置く。

「もしかしたらさ、もうここに俺の子が宿ってるかもよ？　この間の発情期で散々射精しまくったし。それをもっと確実なものにするために、もっと中出しさせてよ」

夕暮れの浜辺で交わすにはセクシャル過ぎる言葉にじわじわと身体が熱くなり、居ても立ってもいられなくなる。早く、早く、ふたりきりになりたい。

砂浜にさくさくと足跡を残し、波打ち際の感触を楽しんだあと、予約していたホテルにチェックインする。

最上階にあるスイートルームからは暮れていく海が一望でき、バスルームも広くてふたりで十分戯れられそうだ。

「拓生さん」

部屋に入るなり、中臣が身体を擦り寄せてくる。

せっかくのスイートなのだからあちこち見て回りたいのだが、中臣に手を引っ張られてベッドルームに連れ込まれた。

キングサイズのベッドには高貴なネイビーのベッドカバーがかけられ、オフホワイトの枕が幾つも並べられている。

壁には情熱的な赤をメインに使った抽象画。花を描いたものだろうか。中心部分が黒に近い赤で描かれていて、ひどく官能的だ。

それを見ていたらやけに身体の中心が昂ぶり、抑えきれずに傍らの中臣に抱きついた。

「修哉……」

「抱いていい？」

「いい、……おまえの好きにしていい」

「それ、すっごい殺し文句。ほんとう好きにするよ？」

言いながら中臣が顔中にくちづけてきて、くるりと早川の身体を裏返すとそのままベッドに組み敷き、うなじにかかる髪をかき上げる。

「ここを噛めば、俺たちはもう二度と離れられない。正真正銘、運命の番になるんだ」

「……噛ん、で」

せつない声で囁き、枕をぎゅっと摑むと、鋭い犬歯がぐうっとうなじに突き込んでくる。

「ん、んん……！」

そこからどっとなだれ込んでくるアルファの熱情、中臣の強い想いにくらくらし、早川は一気に昇り詰めて射精してしまう。

強めに噛みまくられて、まだ、服を着たままなのにどうしようもなく感じてしまい、じゅわっと下着やチノパンを濡らしながらしゃくり上げた。きっと、死ぬまで消えない歯形が残るのだろう。

「あ、あっ、や、だめ、だ、まだ……っ」

「いいね……あなたの快感が伝わってくる。もしかしてイっちゃった？　見せて」

「やだ、いやだ、だめ――……だ」

足をばたつかせてもがいたのに、頑丈な中臣に押さえつけられて振り解《ほど》けない。

今度は正面を向かされてベルトを緩められ、下着ごとチノパンを引きずり下ろされる。

ぬるりと濡れた感触が内腿を這っていった。多すぎる精液が腿を濡らしているのだろう。

「びしょびしょだ。あとでコンビニで替えの下着買ってこなきゃね」

中臣は満足そうに内腿にくちづけ、たったいま射精したばかりの早川のペニスを頬張る。

「んぅ、う、く、あぁぁ」

まだ出ているのに精液を吸い出され、激しい絶頂感に全身ががくがく震え出す。止めようとしても次々に溢れ出し、吸い尽くされそうだ。

中臣は陰嚢を手のひらで包み込んでくりくりと揉み込んでくる。

そうされると体内の子宮が疼いて疼いて、中臣に突きたがってもらいたくて仕方ない。

「しゅうやぁ……あ……っおね、がい、も、いいから……きて……」

「いいの？　まだ舐めてるだけだよ」

「いいから、おねがいだから、先に中で……出して」

濃いめの愛撫はそれからでもいい。

とにかく一度しっかりと奥まで中臣を咥え込まないと気がすまない。

夕陽に赤く輝く海がはめ殺しの窓の外に広がるベッドルームで互いに素肌を晒し、中臣は早川の精液を使って窄まりを指で拡《ひろ》げてくる。ぬくん、と中を探る指の感触に腰がよじれ、いますぐにでもまた達しそうだ。

「じゃあ、今日は最初からこの形」

あぐらをかいた中臣に抱え上げられ、早川は息を切らしながらゆっくりと腰を落としていく。ズクズクと中を穿《うが》ってくる太い雄に泣きじゃくり、「あ、あ」と声を漏らしながらだんだんと太い根元まで飲み込んでいく。

いい、すごく気持ちいい。

中臣のためだけに熱くなる肉襞を雄で擦られて軽く達し、頭を後方にのけぞらせながら彼の首に両腕を巻き付けた。

「いい……っ修哉、おっきい……っ」

「ん、……あなたの中もトロトロだ。ほんとうに気持ちいいんだね……ここまで熱くなったのは初めてだな」

硬いペニスに貫かれて、早川はぎこちなく腰を振る。じゅぽっ、ヌチュッ、と繋がる音が互いの奥から響き、頭の中まで犯されているみたいだ。

「少し……激しくするから」

言って、中臣は両手でしっかりと早川の腰を掴むとじゅぽじゅぽと下から強く突き上げてきた。蕩けてしまいそうな愉悦に声が弾み、はち切れそうなペニスの先端からは愛液が漏れていく。

感じすぎてなにもかもコントロールできない。

ただもう身体が発する自然な欲情に飲み込まれ、早川は甘いフェロモンを撒き散らしながら中臣に抱きつく。

ぐっ、ぐっ、と腰を遣ってくる中臣が呻き、早川が再び達しそうなのを感じ取ると、「出すよ」と囁いてきた。

「俺の全部——受け止めて」

「修哉、しゅう、や……っ！　イ、く、イっちゃう……あぁ……あー……っ！」

一番奥にまで届いた肉棒がびくびくと脈打ち、とびきり熱いものを撃ち込んできた。

「あっ、は、——あっ、あ……っ……は……っ」

「サイッコー……拓生さんのこと何度も孕ませそ……」

呟《つぶや》いて、中臣が何度も抱き締め直してきた。早川からも尻たぶをすりすりと押しつけてしまい、恥ずかしいけれど止められない。

とにかく繋がりたいというのがお互いに獣っぽくて、いい。アルファとオメガが結ばれた先には、こんなにも深い快感があるのだ。

中臣は楽しげに笑うと、意地悪く乳首を指でつまんでくる。

「次はここを吸いながら突いてあげる。拓生さん、おっぱい吸われるの好きだもんね」

「ばか……」

恥ずかしいけれど、彼の言うとおりだ。

胸を愛撫されながら中を抉られる心地好さをもう早川は知っているから、繋がったままで乳首をこりこりといたぶられ、また揺らめいていく。

完全に意識が飛ぶ前に、修哉、と囁いてキスをねだった。

「愛してる……おまえだけを愛してる」

「ねえ、わかってる？　あなたが愛してくれなかったら俺はこれからどうすればいいの？　路頭に迷っちゃうよ」

本気とも冗談ともつかない言葉を口にする男に微笑み、早川は骨のしっかりした身体にしがみついた。今度は自分から逞しい腰に両足を絡みつけ、奥へと誘う。

「もっと……」

「ああ、もっとしよう。ドロドロにしてあげる。あなたがやだって言っても離さない」

「……言わない。絶対に……死んでも言わない」

互いに笑って、くちびるを近づけて。

汗で湿った肌が重なるとき、この身体は、この魂は、互いのものだけになるのだ。


爽《さわ》やかな秋風が吹いている。

心地好い透明な朝の空気を部屋の中に満たしていると、すぐそばから、「んく」と甘ったるい声が響いて早川は微笑んで振り返る。

「由喜《ゆき》、目が覚めた？」

「ん、うー」

ちっちゃな手足をばたばたさせて笑う赤ん坊をベビーベッドから抱き上げると同時に、顔を洗い終えた中臣がベッドルームに戻ってきた。

「お、由喜は今朝もご機嫌だな」

「うん、よく眠れたみたいだ。夜中、ミルクをあげてくれただろう。ありがとう」

「なんもなんも。それぐらい当然」

あの海辺のホテルで甘い一夜を過ごしたときに、早川は新たな命を宿し、約一年後、この男児、由喜を無事生んだ。

十九歳になった中臣は大学通いを続けながら、ありあまる才能を生かしてデイトレーダーとしても活躍しているので、早川も子育ての合間にどんな株に目をつければいいのか少しずつ教わっている。

互いに実家から離れ、一度は東京から遠いところに移住しようかという話も持ち上がったが、中臣の学業もあるし、早川も住み慣れた都心を離れるのはまだ未練があった。

移住は由喜がもう少し大きくなった頃でもいい。

「……できちゃうときはできちゃう、か」

「なに？」

土曜の綺麗な朝、ベッドに並んで座り、由喜に授乳させていると、中臣が羨《うらや》ましそうにのぞき込んでくる。

ゆったりしたTシャツの下に由喜を抱え込んでいる早川は頬を赤くしながら、パートナーの額をつんとつついた。

「こら、のぞくのは禁止」

「えー、俺だってあなたのおっぱい好きなのに」

「昨日散々吸ってただろ……」

「まだ足りない」

そう言いながらも、中臣は可笑しそうだ。まだぽやぽやしている由喜の髪をやさしく撫で、頬擦りしている。

「いつかおまえが言ってただろう。子どもを欲しくて欲しくて作るっていうよりも、できちゃうときはできちゃうって。ほんとうにそうなったな」

「だね。……ねえ、由喜がもし、アルファだったらどうする？　オメガだったらどうする？」

由喜の血液検査はまだまだずっと先だ。だけど、どちらの血をより強く受け継いだとしても、こころに決めている。

「由喜は俺と修哉の子どもだ。どちらになっても愛していく」

「俺もそう言おうと思ってた。ほんとうはさ、オメガとかアルファとかどうでもいいんだよ。愛してるひととの子どもを育てられるだけで、俺は十分にしあわせ。……よーし、由喜、お腹《なか》いっぱいになったか？　パパのところにおいで」

若いパパに抱かれて、由喜は声を上げて笑っている。

大層ご機嫌で、瞳がきらきらしていた。

その純粋な目に、たくさんの綺麗な空を、花を、笑顔を映してあげたい。

ありあまるほどのしあわせでこころを満たしてあげたい。

生きているかぎり、由喜を守っていくのが自分たちの新たな役目だ。

「天気がいいから今日は外に散歩に行こうか。公園でもどう？」

「いいな。簡単なお弁当を作っていこう」

「俺が作るから、拓生さんレシピ教えて。唐揚げと卵焼きにしよう」

楽しげな顔を寄せてきて、中臣が睫毛《まつげ》が触れるほどの距離で甘く囁いてきた。

「しあわせだよ、俺。生きてきた中で一番いまがしあわせだ」

「ああ、俺と、修哉と由喜と」

「ずっと三人」

頬にちゅっとくちづけてきた中臣が破顔一笑し、それから由喜ごと早川を愛おしそうに抱き締めてくれた。

「愛してるってどんなに言っても言い足りないよ。目が合うたびに言わないと満足できなくなっちゃったな。拓生さん、――愛してるよ」

「……ん、俺も」

くすぐったさに頬をゆるめながら、早川は瞼を薄く閉じる。

由喜がもみじみたいな手でしっかりしがみついてくれて、中臣が丸ごと抱き締めてくる。

それから、時を忘れてしまうような、甘い甘いやさしいキスが。

アルファとオメガと柔らかな命を繋ぐ、強いキスがどこまでも。

# あとがき

リンクスさんの新書では初めまして、こんにちは。秀香穂里《しゅうかおり》です。以前、雑誌のほうに掲載された話に大なたをふるい、このたび本にしていただくことになりました。なにぶんほんとうに若い頃の話なので勢いしかなくてお恥ずかしく……ただ手直しするだけではなんなので、個人的な趣味であるオメガバースの要素をぶっ込んでみました。

生徒と教師のただならぬ関係だけでも罪深いのに、仮面をかぶったアルファたちの動揺なんかも書いてみたいな～という感じでした。

思い詰めやすくて最後逆上する早川《はやかわ》も、強い雄として泰然としつつ脆さを抱えている中臣《なかおみ》も、すごくすごく書きやすかったキャラだったことを思い出しました。なんというかこう、弱みを抱えて虚勢を張っている若い攻×それをハラハラしながら受け止め見守る受という関係性がたまらなく好きなんですよね……！　その感覚が少しでも伝わっていたら嬉しいです。

この本を出していただくにあたり、お世話になった方にこころよりお礼を申し上げます。

挿画を手がけてくださったyoco先生。以前からどこかで幸運に見舞われたらお仕事をご一緒したいなと願っておりましたので、今回機会をいただけてとても嬉しく思っております。一目で見惚れるスタイリッシュな表紙には度肝を抜かれました。こんな世界もあるんだなあと……yoco先生の美しく豊かなアプローチを見せていただけた気がして、感激しています。もともとのキャラクター以上にふたりを魅力的に描いてくださったことにも、ワーイとなってます！　このたびはお忙しい中、ご尽力くださいましたことに深く感謝しております。ほんとうにありがとうございました。

担当様。長いこと眠っていた話を掘り起こしてくださり、ありがとうございました。当時の勢いはなんとか消さぬまま、いまできることをいろいろと足してみたのですが、大丈夫でしたでしょうか。素敵なセカンドチャンスをくださったこと、ほんとうに嬉しいです。

そして、最後まで読んでくださった方へ。まだ若くて発展途上中の中臣が全力で早川を守り、愛し抜いた結果がおまけの短編です。オメガバースと言ったらやっぱり最後は温かい家庭を築いてほしいなという願いがあるので、可愛い子を出してみました。中臣の暑苦しい愛情なら早川も我が子もまとめて余裕で愛しちゃえるのではないかなと。

不穏な始まり方の話でしたが、最後は彼らなりの着地点を見つけたので、ほっとしていただけたらいいなと願っています。お読みくださりほんとうにありがとうございました。

また、どこかで元気にお目にかかれますように！

秀　香穂里

初出

| | |
|---|---|
| 毒の林檎を手にした男 | 2009年小説リンクス12月号掲載「生徒が野獣」を大幅改稿 |
| 愛の果実を手にした男たち | 書き下ろし |

## 二人の王子は二度めぐり逢う《ふたりのおうじはにどめぐりあう》

**夕映月子**
イラスト：壱也

本体価格 870 円+税

日本人ながら隔世遺伝で左右違う色の瞳を持つ十八歳の玲は、物心ついた頃から毎夜のように見る同じ夢に出てくる王子様のように綺麗な青年・アレックスに、まるで恋するように淡い想いを寄せ続けていた。そんな中、ただ一人きりの家族だった祖母を亡くした玲は、形見としてひとつの指輪を譲り受ける。その指輪をはめた瞬間、それまで断片的に見ていた夢が 前世の記憶として、鮮明に玲の中に蘇ってきたのだった。記憶を元に、前世に縁があるカエルラという ヨーロッパの小国を 訪れた玲は、記憶の中の彼と似た男性・アレクシオスと出会い――？

# リンクスロマンス大好評発売中

## ヤクザに花束《やくざにはなたば》

**妃川 螢**
イラスト：小椋ムク

本体価格870円+税

花屋の息子として育った木野宮悠宇は、母の願いで音大を目指していたが、両親が相次いで亡くなり、父の店舗も手放すことに。天涯孤独となってしまった悠宇は、いまは他の花屋に勤めながらもいつか父の店舗を買い戻し、花屋を再開できたらと夢見ている。そんなある日、勤め先の隣にある楽器屋で展示用のピアノを眺めていた小さな男の子を保護することに。毎月同じ花束を買い求めていく男・有働の子供だったと知り驚く悠宇だが、その子に懐かれピアノを教えることになる。有働との距離が縮まるほどに彼に惹かれていく悠宇だが、彼の職業は…？

## 獅子王の寵姫
### ～第四王子と契約の恋～

ししおうのちょうき
～だいよんおうじとけいやくのこい～

**朝霞月子**
イラスト：壱也

本体価格 870 円＋税

外見の華やかさとは裏腹に、倹約家で守銭奴とも呼ばれているエフセリア国第四王子・クランベールは、その能力を見込まれ、シャイセスという大国の国費管理の補佐を依頼された。絢爛な城に着いて早々財務大臣から「国王の金遣いの荒さをどうにかして欲しい」と頼まれ、眉間に皺を寄せるクランベール。その上、若き国王・ダリアは傲慢で派手好みと、堅実なクランベールとの相性は最悪…。衝突が多く険悪な空気を漂わせていたのだが、とあるきっかけから、身体だけの関係を持つことになってしまい――？

# リンクスロマンス大好評発売中

## 黒曜に導かれて愛を見つけた男の話

こくようにみちびかれてあいをみつけたおとこのはなし

**六青みつみ**
イラスト：カゼキショウ

本体価格870円＋税

聖なる竜蛇神に見出されし神子が王を選定する国・アヴァロニス王国。そんなアヴァロニスの次代王候補の一人・レンドルフは、ある日、選ばれし神子・春夏と、それに巻き込まれ一緒に異世界から召喚されてしまったという少年・秋人と出会う。しかも秋人は、この世界では『災厄の導き手』と呼ばれ忌み嫌われる黒髪黒瞳の持ち主。誰もが秋人を嫌悪し殺そうとする中で、レンドルフは神への疑念から、なんとか秋人を助けたいと思っていた。秋人う匿うことになったレンドルフだったが、共に過ごすうち、その健気さやひたむきさに次第に心惹かれていくが…？

# カデンツァ　6
## ～青の軌跡＜番外編＞～

かでんつぁ　6　～あおのきせき＜ばんがいへん＞～

**久能千明**
イラスト：沖麻実也

本体価格 870 円＋税

かつて同じ惑星探査船に乗り、バディとして任務に当たったカイと三四郎。数々の行き違いや事件を乗り越え、任務を終えた後、それぞれの道を進んだ二人は、カイの故郷である月で再会を果たした。義父で月行政長官のドレイクが悲願としてきた『月独立』を目指すカイは、三四郎やかつての仲間たちと共に新たな任務を開始。しかし作戦は次々とトラブルに見舞われ、ついに二人は窮地に追いまれてしまい―!?『青の軌跡』シリーズ、遂にクライマックス！

# リンクスロマンス大好評発売中

# カデンツァ　7
## ～青の軌跡＜番外編＞～

かでんつぁ　7　～あおのきせき＜ばんがいへん＞～

**久能千明**
イラスト：沖麻実也

本体価格870円＋税

バディとして、恋人として、共に任務に当たり数々の窮地を脱してきたカイと三四郎。カイの義父で月行政長官であるドレイクが悲願とする『月独立』を目指し、かつての仲間たちと共に新たな任務に当たっていた二人だったが、互いに相手の心を理解できないまま、噛み合わない焦燥を抱えていた。そんな中、いよいよ作戦も佳境を迎えようとしたところで、カイが拉致されてしまい―!?『青の軌跡』シリーズ、完結巻！

## 花の名を持つ君と恋をする

はなのなをもつきみとこいをする

**深月ハルカ**

イラスト：小禄

本体価格 870 円+税

"フィオーレ" の希少種であるオルティシアは、「西の街」を訪れた最高執政官・ジンと出会う。"フィオーレ" は花の種から生まれた異種族で、生きた宝石として「西の街」では珍重されており、王や貴族の鑑賞品として愛でられていた。その中で最も美しいと称されるオルティシアは、感情を表すのが苦手で、宴の席でうまくジンをもてなすことができなかった。しかし、ジンの優しい人柄に惹かれ、彼の帰国後も想いを募らせ続けた。そんな時、使節団のひとりとしてジンがいる「月の都」へ向かうことに。再びジンに会えると喜ぶオルティシアだったが…。

# リンクスロマンス大好評発売中

## 僕の恋人はいつか誰かのものになる

ぼくのこいびとはいつかだれかのものになる

**きたざわ尋子**

イラスト：兼守美行

本体価格870円+税

大学四年生の白石聡海は従兄弟の景山隆仁と恋人関係にあった。八歳上の隆仁とは幼い頃から共に暮らし兄弟のように育ったが、十八歳の時に告白され、以降は身体込みの関係を続けている。甘く優しい隆仁に愛されている自覚はあるが、完璧な彼に自分は不釣り合いで、いずれ隆仁は心変わりをするか飽きるだろうと思っていた。そんなある日、隆仁に想いを寄せる社長令嬢が突然二人の家を訪れて…?

# 大富豪は無垢な青年をこよなく愛す

だいふごうはむくなせいねんをこよなくあいす

**一文字 鈴**

イラスト：尾賀 トモ

本体価格 870 円＋税

両親を亡くし借金の返済に追われる折原透は、ある日、アルバイト先のカフェで酔っぱらいに絡まれ、男性客に助けられる。結城和臣と名乗った客は、実は透が働くカフェのオーナーで、世界的に有名な企業・結城グループの若き CEO だった。その後、透の境遇を知った和臣に「弟の世話係をしてほしい」と請われ、透は結城邸で住み込みで働くことを決意する。和臣の役に立ちたいと、慣れない環境でひたむきに頑張る透だが、包みこむように慈しんでくれる和臣の優しさに、憧れの気持ちが甘く切ない想いに変わっていき…。

## リンクスロマンス大好評発売中

# 極上の恋を一匙

ごくじょうのこいをひとさじ

**宮本れん**

イラスト：小椋ムク

本体価格870円＋税

箱根にあるオーベルジュでシェフをしている伊吹周は、人々の心に残る料理を作りたいと、日々真摯に料理と向き合っていた。腕も人柄も信頼できる仲間に囲まれ、やりがいを持って働く周だったが、ある日突然、店が買収されたと知らされる。新オーナーは、若くして手広く事業を営む資産家・成宮雅人。視察に訪れて早々、店の方針に次々と口を出す雅人に、周は激しく反発する。しばらく滞在することになった雅人との間には、ぎこちない空気が流れていたのだが、共に過ごすうち、雅人の仕事に対する熱意や、不器用な優しさに気付き始めた周は次第に心を開くようになり――……。

この本を読んでのご意見・ご感想をお寄せ下さい。

〒151-0051
東京都渋谷区千駄ヶ谷4-9-7
(株)幻冬舎コミックス　リンクス編集部
「秀《しゅう》 香《か》穂《お》里《り》先生」係／「yoco先生」係

リンクス ロマンス

# 毒の林檎を手にした男


2018年7月31日　第1刷発行

著者……………秀《しゅう》 香《か》穂《お》里《り》
発行人…………石原正康
発行元…………株式会社　幻冬舎コミックス
〒151-0051　東京都渋谷区千駄ヶ谷4-9-7
TEL 03-5411-6431（編集）
発売元…………株式会社　幻冬舎
〒151-0051　東京都渋谷区千駄ヶ谷4-9-7
TEL 03-5411-6222（営業）
振替00120-8-767643
印刷・製本所…株式会社　光邦
検印廃止




ISBN978-4-344-84263-2 C0293
Printed in Japan

幻冬舎コミックスホームページ　http://www.gentosha-comics.net


本作品はフィクションです。実在の人物・団体・事件などには関係ありません。